Oceani. 173

Dello stesso autore
presso La nave di Teseo

L'isola degli idealisti
Luna di miele
Appuntamento a Trieste
Il terzo amore
Il Centodelitti
I sette peccati e le sette virtù capitali
La luna sulla pineta

Le indagini di Arthur Jelling
Sei giorni di preavviso
La bambola cieca
Nessuno è colpevole
L'antro dei filosofi
Il cane che parla
Lo scandalo dell'osservatorio astronomico
La valle dei banditi

Le indagini di Duca Lamberti
Venere privata
Traditori di tutti
I ragazzi del massacro *di prossima pubblicazione*
I milanesi ammazzano al sabato *di prossima pubblicazione*

Giorgio Scerbanenco
Si vive bene in due

Prefazione di Cecilia Scerbanenco

La nave di Teseo

ISBN 978-88-346-1081-7

Prima edizione: 1943
Prima edizione La nave di Teseo giugno 2022

Sommario

Prefazione

di Cecilia Scerbanenco

"Giorgio Scerbanenco, che è già noto al pubblico anche per i suoi romanzi pubblicati sul 'Corriere della Sera', ha dato a questo lavoro le caratteristiche più notevoli e vere della sua personalità. Il romanzo, strettamente considerato, è la narrazione, ricchissima di vicende e senza pause, di un giovane che apre una libreria, di due o tre tipi di donna, descritti con chiaro risalto, che vivono attorno a lui, delle fortune e sfortune di questi personaggi, in un ambiente nostrano e in un'epoca moderna. Ma se i pregi della trama sono molti, quello che più conta, ancora, è il profondo, il caldo significato umano di ogni fatto narrato, di ogni pagina, quasi di ogni frase. L'Autore, che è italiano, ha il senso vivo di dare sempre un significato a ciò che descrive: il particolare, la descrizione, non stanno mai lì, sulla pagina, tanto per riempirla o per fare sfoggio di bello scrivere, ma 'significano' sempre qualche cosa, e cioè: amore alla vita, entusiasmo, tristezze passeggere, rassegnazione coraggiosa, desiderio di essere migliori; tutto ciò, insomma, che rende l'uomo degno di essere uomo. Cesare Vairaghi, che è il protagonista, la sua libreria, i suoi amori, le sue collere, si ricorderanno – per il loro significato – anche molto tempo dopo aver chiuso le pagine di questo libro."

È con queste parole che il redattore dei Romanzi della Palma, (collana Mondadori di narrativa di grande successo), presenta *Si vive bene in due*, un affresco della vita nell'Italia fascista. È una presentazione così esatta che quasi viene il dubbio l'abbia scritta Scerbanenco stesso! D'altra parte, in Mondadori, in quegli anni, lo scrittore lavorava con un gruppo di amici che lo conoscevano bene.

Pubblicato all'inizio del 1943 e mai ristampato, questo titolo fa parte di un gruppo di storie dove l'elemento di "analisi sociale" si fa preponderante: storie che si fa fatica a definire, né rosa, né gialli, forse un po' noir. In realtà sono proprio delle istantanee della nostra vita, incise a colpi di parole. Naturalmente, trattandosi di Scerbanenco, difficoltà e persino tragedie incombono su ogni pagina. Hanno uguali caratteristiche i romanzi usciti nello stesso periodo sull'edizione pomeridiana del "Corriere", e alcuni titoli dell'immediato dopoguerra, questa volta pubblicati in una collana Rizzoli destinata alle lettrici. Si potrebbe pensare di opporre questi titoli ad altri più "sentimentali" dell'autore ma, in realtà, si trovano molti esempi di "romanzi-affreschi" nella narrativa per signore degli anni trenta e quaranta. Per citare solo un paio di nomi tra il gruppo di colleghi, amici e rivali in cui Scerbanenco era felicemente inserito, Angelo Frattini e Antonia Monti sono maestri nel descrivere vicende simili. Frattini ritrae il mondo del cinema e dei vip, le sue seduzioni e ambiguità, con un tono solo all'apparenza leggero. La Monti crea alcuni dei ritratti di donna più belli e sovversivi che io abbia mai incontrato: donne sgradevoli, determinate e disperate. Scerbanenco, continuando un percorso iniziato quasi per caso nel 1939 sulla rivista "Grazia", parla di donne e delle loro vite faticose.

In tutte queste storie, il fascismo si intravede a malapena, soprattutto nell'assenza di riferimenti alle difficoltà delle sanzioni, dell'isolamento economico del paese, e poi della guerra; nella presenza di alcuni valori, la famiglia, per esempio. Tuttavia, i riferimenti alla povertà, all'enorme e ingiusto iato tra classi sociali, alla mancanza di scrupoli e all'avidità dei ricchi, abbondano in tutti gli autori, con buona pace della censura fascista.

Quando lessi questo romanzo di mio padre, alcuni anni fa, appena ritrovato, mi piacque molto. Oggi, rileggendolo, mi sono domandata che cosa mi conquisti di questa storia lieve, di quest'uomo amato da troppe donne, un debole, in fin dei conti, che si lascia sedurre e sposare. Be', proprio questo: il ritratto spietato e veritiero, già così noir, dei personaggi e dell'epoca. Benedetta, la brava ragazza da sposare; Cristina, dalla personalità misteriosa; Marta, povera ragazza che tenta inutilmente di usare la seduzione per farsi strada; Candida, la femme fatale, cinica e libera, che vive l'affettività in modo quasi maschile. Al suo fianco, Arturo, perfetta rappresentazione del gagà fascista: cinico, maschio, amante soltanto dei beni materiali.

Certo, oggi Cristina e Benedetta non esistono più, imprigionate com'erano dai valori che la loro epoca imponeva: la sottomissione all'uomo, il matrimonio come unica possibilità di "carriera". Eppure, la saggia intelligenza di Benedetta, il fuoco represso di Cristina (e si possono aggiungere la disperazione di Marta e il desiderio di potere di Candida), sono ancora qui, sono emozioni e sentimenti che ognuna, ognuno, di noi conosce, nel continuo, difficile conflitto tra ciò che si è e la società in cui si vive; ciò che si desidererebbe e ciò che ci viene richiesto.

Poi c'è Milano. Scerbanenco, alla fine degli anni sessanta, sarà il cantore riconosciuto della Milano quasi metropoli con il ciclo di Duca Lamberti. Tuttavia, la Milano ancora ottocentesca di queste pagine, con i quartieri del centro (Porta Romana, via Torino) ancora popolari, la cerchia dei bastioni non completamente spianata, città d'acque con i navigli di Leonardo appena coperti, è la protagonista assoluta di questo romanzo. Credo che ogni lettore si innamorerà di via Gozzadini, una delle tante stradette di acciottolato, con le guide di pietre piatte e larghe per le ruote delle carrozze, che popolavano la città nemmeno un secolo fa, spesso circondate da vicoletti e case medievali. Viuzze antiche che sfociavano nei primi grandi viali di un'altra città, ottocentesca e positivista, ricca di luci, caffè tutti specchi e vetrine illuminate. Il fascismo prima e la guerra poi ne segneranno la fine. Tuttavia, era ancora la Milano composita, complessa ma con un'anima popolare, della mia infanzia; una città dove la ricchezza è frutto di lavoro e dirittura morale. Proprio Scerbanenco racconterà con crudezza nei suoi noir, venticinque anni dopo, l'agonia di questo mondo.

Via Gozzadini oggi non c'è più. Correva parallela a via santa Sofia, a nord, sotto via sant'Eufemia, e sbucava in corso Italia, da un lato, e dall'altro in corso Roma, (oggi più democraticamente corso di Porta Romana). È stata sostituita da dei palazzi, così come è cambiata la toponomastica e la stratificazione sociale della città. Eppure, non ha importanza: a noi che leggiamo pare di camminare con Cesare e Benedetta, con Cesare e Candida, per quella Milano; di indugiare nella libreria di via Gozzadini con Cesare e Cristina, guardando dalle vetrine i raggi di sole che si insinuano fin sul selciato.

Cesare Vairaghi, dunque. Questo romanzo è la sua storia, quasi un romanzo di formazione, in cui un giovanotto un po' superficiale affronta la vita, con le sue delusioni e le sue disgrazie, e ne esce non rafforzato, non illuminato, semplicemente, ne esce: si sposa, si sistema, ricomincia. Nonostante tutto. Scerbanenco ci accompagna attraverso le sue passeggiate felici in una città avvolta dalla luce della primavera; ci accompagna attraverso le notti insonni di Cesare, il tormento di pensieri crudeli e implacabili. C'è un autore molto sincero dietro questo personaggio, un autore che non è stato ancora ferito dalla guerra, non è ancora direttore di periodici alla Rizzoli, ma non è più neppure il giovane scrittore esordiente, pieno di speranze di pochi anni prima. Cesare è inquieto, è carico di malinconie, nonostante non abbia ancora trent'anni; è un seduttore più per angoscia esistenziale che per desiderio di preda. Ama e si sposa per lo stesso motivo, per portare un po' d'ordine nel suo caos, piuttosto che per saggio affetto. Non è poi molto distante da Duca Lamberti, il disincantato e tormentato investigatore a cui Scerbanenco darà vita alla metà degli anni sessanta. Anzi, per certi aspetti, è più cupo.

A chi ama Giorgio Scerbanenco come uomo e come autore, Cesare Vairaghi piacerà molto per i tratti fortemente autobiografici che lo scrittore vi infonde (l'irrequietezza, il girotondo di donne); e per alcuni episodi, presi direttamente dalla sua vita, come quello del viaggio a Roma, realistico fin nei dettagli: la madre vedova ribelle, gli zii romani, le cugine (un girotondo di donne), e di tutte mio padre confesserà di essere stato innamorato.

Infine, l'incontro con Maria e la storia della piccola Elena. Nel 1932 Giorgio Scerbanenco aveva tragicamente perduto davvero una figlia, la primogenita. Elena muore come la bimba del romanzo: a pochi mesi, tra le braccia di suo padre, viene stroncata da un'infezione. Per tutta la vita Scerbanenco sarà tormentato dal senso di colpa e di perdita. E per tutta la sua vita di scrittore farà comparire Elena qua e là nei suoi romanzi e racconti, spesso per vederla morire un'altra volta; ne parlerà in alcune bellissime lettere con le lettrici, dove confesserà tutto il proprio inconsolabile dolore di padre.

In questo romanzo, a mio parere, Elena appare nel più commovente e drammatico dei suoi "cammei", quasi esile fantasma di un coro greco. Maria, la madre, che gira senza meta per Roma, e poi per il mondo, mi sembra ricordare Demetra, dea della terra e dell'estate, che vaga inconsolabile, seminando il lutto dell'inverno, dopo che Ade, dio dei morti, le ha rapito l'amatissima figlia Persefone. L'impossibile amore di Cesare per la dolente Maria diviene quasi metafora dell'impossibilità per un padre di riportare in vita la figlia, persino nelle pagine dei suoi romanzi.

Anche in questa che, superficialmente, potrebbe apparire un'innocua vicenda d'amore, Scerbanenco riesce a inserire alcune scomode riflessioni sull'esistenza e i sentimenti. Basterà ascoltarlo, tra i ciottoli antichi di via Gozzadini.

Si vive bene in due

“Anche le stupidaggini servono,” pensò, “se non fossi andato a cercare Arturo essa non avrebbe detto una parola, io non l’avrei qui vicina, ora nessuno sarebbe vicino a me perché io non volevo più nessuno.” E poi pensò che era un vile, che non sapeva resistere a un poco di dolore. Allora smise di torcersi le dita come faceva Francesca Bertini nei film di prima della guerra, si fermò, s’irrigidì, quasi non respirò più. “Io sono più forte,” pensò. “Io sono più forte, io non sono Francesca Bertini”, ma poi non poté evitare di piangere, quasi di nascosto, sotto i capelli di lei.

Parte prima

Capitolo I

Dalla grande vetrina della pasticceria si vedeva il piazzale e la montagna geometrica della stazione. Nuvole rosse lunghissime calavano dietro le case, Cristina seguiva il loro lento dissolversi in grigio senza ascoltare gli altri due che continuavano a parlare. Un giovane entrò nel locale, avanzò fra i tavolini cercando con lo sguardo qualcuno. Era elegante, il soprabito color nocciola, il cappello marrone scuro e i guanti dello stesso colore; fissò Cristina, fissò Benedetta, fissò Cesare, per un attimo, con un certo senso di fastidio, poi, non avendo trovato chi cercava, uscì.

"I tipi che piacciono a lei," disse Cesare a Benedetta, indicando Cristina. Le appoggiò una mano sul ginocchio, poi la ritirò subito e questo fece sorridere tutte e due le donne.

"Andiamo, ragazze, altrimenti perdo il treno." Mise il cappello molto all'indietro. Caspita, aveva la sensazione di camminare per il mondo come uno che ciabatti in casa sua. Fuori, nel piazzale, prese sottobraccio le due donne, le guidò nell'atrio della stazione, poi su per le scale fino alla galleria di testa, fino al treno.

“Non trovarti qualche giovanotto, in questi giorni,” disse a Benedetta. Le offrì una sigaretta, si misero a fumare. Cristina taceva. Il carrello dei giornali passò loro accanto e il suo conducente gridò un interminabile elenco di pubblicazioni.

“Se le cose dovessero andare bene,” disse Cesare, “voglio far mettere qui un carrello coi miei libri. I libri nuovi costano troppo, per leggere in treno nessuno vuol spendere venti, trenta lire. Questa sì che è una idea…”

La sua immaginazione correva. “E poi, perché comprare una cosa che appena finito il viaggio non serve più? Si potrebbero noleggiare i libri come si noleggiano i cuscini. Una lira, qualunque volume, anche i più grossi. Si lascia un deposito di dieci lire alla stazione di partenza e si ritirano nove lire a quella d'arrivo, restituendo il volume; che ne dite? Bisogna che m'informi, basta che non mi mettano i bastoni tra le ruote coi regolamenti e la burocrazia.”

In fondo alle volte della galleria scendeva il velario nero della sera. In basso v'era ancora una striscia grigia, violacea, sulla quale si stagliavano le sagome dei treni in movimento, in alto tutto era buio.

“Chissà quanti permessi bisognerà chiedere per una faccenda simile,” disse Benedetta. Sapeva che per il momento si trattava soltanto di un'immaginazione; ne voleva fare tante di cose, Cesare. Di reale c'era che egli se ne andava via per due o tre giorni. Per due o tre sere non sarebbero più andati a passeggio insieme. Sarebbe stata con Cristina, o col padre; e lui con lo zio e le cugine.

“Basta non perdere la pazienza,” rispose Cesare, “e si riesce a tutto.” Ne era sicuro, vedeva i suoi carrelli, i “Carrelli Vairaghi” andare su e giù per i marciapiedi, vicino ai treni. "Incremento della cultura," pensò; usava ancora frasi di questo genere, allora. Incremento della cultura, femminilità evoluta, le macchine sono una potenza della quale gli uomini devono tener conto, l'uomo ha soltanto la ragione, le donne hanno anche l'intuito. Era il padre di Benedetta che gli insegnava a pensare, non quelle idee, ma a pensare astrattamente, ed egli, per il momento, si serviva ingenuamente delle sue lezioni.

"Se aspetti a salire dovrai fare il viaggio in piedi," gli disse Cristina.

"Ciao, ciao belle. Martedì, mercoledì sono di ritorno." Abbracciò Benedetta, con la scusa del viaggio la baciò senza tanti riguardi e proprio nel baciarla si sentì subito andar via tutto il coraggio, la voglia di partire, le fantasie sulla libreria da comprare. Senza dirselo pensò che gli sarebbe piaciuto di più non dover partire. Ma si staccò e fece una carezza sulla guancia a Cristina.

"Fai la guardiana a Benedetta," e stava per salire, quando ci ripensò e le dette un bacio sulle guance. "Tanto lei ci dà il permesso," disse, ma non era allegro per niente. Non si sa mai che cosa può succedere nella vita. Uno parte per due o tre giorni, poi non può più tornare. Oppure torna, ma Benedetta non c'è più.

Salì, senza cercare posto, tanto non ce ne era, andò al finestrino del corridoio e rivide la fidanzata e la sua amica, dall'alto, ferme sul marciapiede. "Quando torno, ricordatevi che sono un libero commerciante, un proprietario di libreria, e fra qualche anno avrò un negozio in tutte le principali città."

Benedetta pensò che era diventato più magro. L'idea della

libreria pareva consumarlo. Sentì, intuì il complesso concetto che gli uomini vivono di idee; mangiare, bere, le donne, le sigarette, sono accessori per pensare, per vivere le proprie idee. Le donne devono aiutarli in questo compito, lei lo avrebbe aiutato, però le dispiaceva che se ne andasse. Cristina stava in silenzio accanto a lei, guardava indifferente le scritte sulla parete del vagone, alzava ogni tanto gli occhi su Cesare e allora sorrideva. Poi il treno si mosse, Cesare disse ancora qualche cosa, rimase al finestrino, presto non le vide più, non vide che le luci della galleria. Si tirò indietro e sollevò il vetro del finestrino.

Nello stretto corridoio del vagone continuava a passare e ripassare gente con la valigia e senza, con l'inquietudine irrequieta dei primi momenti di viaggio. Lui, con la sola borsa di cuoio, aspettava che le cose si calmassero, poi avrebbe cercato un posto.

Certo, lo zio gli avrebbe dato le quindicimila lire; certo, gliele avrebbe date. Era un po' difficile chiedergliele, questo sì. Rimuginò ancora tra sé il discorso che avrebbe fatto allo zio. "Vedi, caro, io negli uffici mi avvilisco. La mia passione è una libreria. Voglio comprare una libreria, adesso è il momento, c'è da guadagnare, la cultura è incrementata, (usava "incrementare"), basta buon senso, colpo d'occhio. E soprattutto sarei libero della mia giornata e male che vada mi viene fuori lo stipendio che prendo in ditta." "Ah, già..." avrebbe detto lo zio. "Sei proprio certo che ci sia da guadagnare vendendo libri?" I vecchi sono diffidenti, prudenti, per forza, si capisce. "Sono sicurissimo," avrebbe risposto lui. "Mi sono informato. A Milano di giorno lavorano e la sera leggono. Pensa, perfino gli operai vanno alla scuola serale. Libri se ne vendono, le biblioteche circolanti fanno affari, le bancarelle pure, in ogni piazza ce n'è una, dovresti vedere. Insomma c'è un vecchio libraio, un napoletano, vuol vendere il suo negozio, così come sta, per tornare al suo paese. Me lo lascia netto netto, già avviato, per ventimila lire. Io qualche cosa ho per conto mio, mi mancano quindicimila lire..."

Arrossì solo pensandolo. Che cosa avrebbe detto quel tipo sentendosi chiedere una somma simile? Forse non era il modo di chiedergliela. Ecco, a essere bravi, bisogna portare il discorso in modo che fosse lui a dire: "Senti, io non sono ricco, ma se ti occorre qualche cosa." Aveva timore di non essere così bravo. Meglio non pensarci fino a quando sarebbe stato il momento di parlare. Il vetro, contro lo sfondo buio della notte, rifletteva il suo volto. Non era quello il viso di un uomo d'affari, lo sapeva benissimo. Un profilo delicato, lungo, magro, gli occhi buoni, aveva provato a stringere le palpebre e a guardare fieramente, e solo così aveva un'aria un po' meno infantile, ma non si può stare tutta la giornata con le palpebre strette. Non dava molta soggezione alla gente, ecco il male. Lo consideravano tutti come un buon ragazzo, i furbi pensavano che si poteva imbrogliarlo facilmente. Desiderò di somigliare a un certo attore cinematografico che non sorrideva mai, guardava attraverso le palpebre quasi socchiuse e parlava pochissimo. Quando compariva sullo schermo, si capiva che gli altri personaggi del film erano i deboli, lui il forte.

"Bisogna che non sorrida così facilmente," pensò. Si mise a cercare un posto, percorse due o tre vagoni, finalmente in uno trovò da sedere accanto a un signore che odorava di formaggio. Erano solo loro due. L'altro leggeva, egli cominciò ad annoiarsi, troppi pensieri doveva sgrovigliare per poter leggere anche lui. Furono molto faticose quelle ore di viaggio. A un tratto Benedetta si curvò su di lui, lo baciò, gli mormorò: "Allora siamo d'accordo, il cinque aprile ci sposeremo. Non hai un bravo amico da far sposare a Cristina? Povera ragazza, è tanto buona, è bella, ma gli uomini non capiscono niente." Egli le rispose: "Non ho un bravo amico. Ferrari è mio amico ma non è bravo..." Stava per dire qualche altra cosa, ma il controllore lo scosse e lo svegliò. Gli dette il biglietto, non ricordava neppure come si era addormentato; e dove erano, adesso?

Il signore che odorava di formaggio dormiva già, pareva che avesse dato il biglietto al controllore senza svegliarsi. Una vecchia signorina, dai gesti piccoli e rapidissimi, segno di forte neurastenia, dalla pelle del viso vizza ma non sciupata, con uno strano cappellino a forma di scatola per bau-bau sfogliava l'orario voltando le pagine con un gesto secco, automatico. Era entrata mentre lui dormiva, forse lo aveva inteso parlare di Benedetta nel sonno, chissà, non ebbe il coraggio di domandarle dove si trovavano. Preferì guardare l'orologio e consultare l'orario. Capì che avevano passato Bologna. Non dormì più. Fumò, scese a bere in tutte lo stazioni che poté, passeggiò per il corridoio. Era sempre notte, sempre nel buio correva il treno, come in un'eterna galleria, ormai quel buio lo opprimeva, quasi un incubo. Era sporco, stanco, infreddolito, gli abiti tutti gualciti. E l'alba non venne che quando erano quasi arrivati a Roma. Un'alba verde stranissima che dava luci sinistre alla campagna. Pure se ne sentì riconfortato.

Finalmente. Il treno rallentava, udì voci romane nell'aria: "Dije che venghino loro... Lascia perde, che ce vòi fa' con quella gente?..." Da nove anni non tornava a Roma, vi era cresciuto, vi aveva vissuto con sua madre. Sentì freschezza e chiarezza dentro. Poi corse subito alla Casa del Passeggero e ne uscì con l'abito stirato, le scarpe lucide e un gran sonno perché aveva fatto il bagno nell'acqua calda.

Telefonò alla zia Matilde, la moglie di suo zio. "Eccome qui," le disse, gli tornava spontaneo l'accento romanesco. "Nun ve sete scomodàti a venì alla stazione," la rimproverò dolcemente e scherzosamente. Poi salì su un'autopubblica e si fece portare a casa dello zio.

Sempre nella stessa casa abitava Remigio Bonfai. In quella casa dove egli da ragazzo aveva giuocato con le cugine. Sempre lo stesso odore di zuppa di verdura per le scale, che poi non si sapeva da dove venisse perché quasi nessuno mangiava la zuppa di verdura in quella casa. E dopo otto anni, la targhetta con scritto in antiquato corsivo "Remigio Bonfai" era sempre la medesima, con la smaltatura screpolata da una parte e le viti di ottone lucide lucide. Gli vennero ad aprire tutti insieme: la zia Matilde, lo zio Remigio, le cugine: Teresa, una piccola che aveva lasciato in fasce e ora ritrovava alta, seria, grandi occhi neri nel viso abbronzato; e Luciana che ora aveva diciannove anni.

Gli abbracci durarono parecchio. Il vecchio zio aveva tutti i capelli bianchi, ma un'aria di salute invidiabile anche se l'occhio non aveva più la mobilissima rapacità di otto anni prima, quando gli dava l'impressione di un falco che scenda dall'alto, quel volto, col bel naso romano che ettolitri di vino dei Castelli non avevano reso meno bello. La zia l'aveva lasciata che era ancora bellissima, ma adesso, dolente destino della donna, sembrava essersi afflosciata di colpo. Le cugine le aveva baciate e abbracciate con un certo impaccio, specialmente Luciana.

"Ammàppete come sei cresciuto," disse la zia.

Lo zio era orgoglioso. "Hai visto che bel nipote milanese che ho?" Gli fecero raccontare come viveva a Milano, lo zio s'informò se era ben sistemato, allora egli provò un certo freddo pensando alle quindicimila lire che doveva chiedergli. Gli disse che si era sistemato abbastanza bene. Le cugine gli facevano due o tre domande alla volta, intanto zia Matilde metteva in tavola pasticcini, liquori dolci. Poi, in attesa che fosse pronto il pranzo lo mandarono a passeggio con la cugina Luciana, e la piccola, brontolando contro la grande, si fece promettere da lui che le avrebbe portato un chilo di dolci per ricompensarla di averla lasciata a casa.

Fecero un bel giro per via Crescenzio, poi in piazza Cavour, fino in piazza di Spagna, parlando di quando erano ragazzi. Era febbraio ma sembrava aprile. Il sole intiepidiva dentro come un buon liquore. In piazza Cavour, davanti al grigio piombo del palazzo di Giustizia aveva visto nelle aiuole il tenero verde nuovo della primavera. Si ricordò che in quel giardinetto di piazza Cavour aveva giuocato da piccolo. Sedeva su una panchina e raccoglieva i sassolini colorati dei vialetti ghiaiosi. Tutti i suoi compagni facevano collezione di qualche cosa, ecco, lui avrebbe raccolto i sassolini colorati. Tornava a casa con le tasche colme, col desiderio di sistemare tutte quelle pietruzze su un grande tavolo, ma poi si stancava subito e finiva per buttarle via. "Il mio difetto è che mi stanco facilmente," pensò. "Bisogna che mi sorvegli. Devo avere costanza, essere preciso, perseverante..." Intanto rispondeva a Luciana che gli aveva chiesto se era fidanzato.

"Ah, sì. Mi sposo il cinque aprile."

"Come? E non mi dicevi niente?" disse Luciana.

“A stare vicino a te me n’ero dimenticato,” scherzò egli. “Ma anche tu sarai fidanzata.”

Essa alzò una spalla, dopo un po’ cominciò a parlare dell’innamorato, ma in casa non ne sapevano ancora niente. Era giovane, anche di famiglia ricca, però le sembrava troppo ragazzo anche se aveva tre anni più di lei; non ne era molto convinta, insomma. Egli trovò che vedeva chiaro nella vita, non aveva le fantasticherie delle ragazze della sua età; gli parve di capire che ciò che voleva era un uomo che non avesse tante bizze per la testa e che le facesse fare una vita tranquilla. Forse un programma un po’ prosaico, in contrasto con la poetica bellezza del volto di lei che induceva a credere a primaverili romanticismi.

Egli a sua volta le parlò di Benedetta, le fece vedere la fotografia e Luciana disse che era troppo bella, che non aveva mai visto una ragazza così. Poi andarono al caffè e furono di ritorno a casa tardi. Naturalmente aveva dimenticato i dolci per la cugina piccola.

Per tutto il giorno Cesare si sentì come un antico nobile in viaggio per le sue terre. Lo fecero mangiare finché non poté più alzarsi dalla sedia. Il vino di Frascati lo attaccò alle gambe, gli sembrava fossero diventate di gelatina, ma il cuore era fermissimo, così fermo che avrebbe voluto chiedere quel denaro allo zio lì a tavola, davanti a tutti, tanto che male c’era? Erano in famiglia. Si trattenne per caso, forse perché lo zio aveva cominciato a sfogliare il libro dei ricordi e raccontava storie e aneddoti del tempo in cui Cesare viveva con loro. Un caldo clima patriarcale era in quella casa, nell’aria, nei mobili, negli oggetti; da tanti anni che viveva in pensione, solo, egli non lo provava più, e ne era felice.

La sera arrivò, e la cena, che egli non aveva ancora digerito il pranzo; pure lo rimpinzarono di cibo, risentì il gusto dimenticato dell'abbacchio e dei carciofi, peccato che non avesse fame. Poi cominciarono a giuocare a sette e mezzo e gli presero un po' di soldi, proprio come accadeva otto anni prima quando giuocavano a tombola. Cesare non ricordava di aver mai vinto una volta. Quando finalmente andò a letto e fu il buio, il silenzio, il pensiero delle quindicimila lire da chiedere tornò chiarissimo e nonostante la stanchezza lo tenne sveglio parecchio.

La mattina dopo lo zio lo portò a vedere il suo stabilimento. Era una piccola fabbrica di sveglie. Cesare passò attraverso i vari reparti guardato con curiosità dagli operai e dalle operaie. I capi accorrevano, "riverito signor Bonfai", e insieme con lo zio gli spiegavano la lavorazione. In un reparto le taglierine con un rombo apocalittico tagliavano le sagome dalle lastre di ottone. In un altro i torni ronzavano come api gigantesche, in un terzo v'erano una mezza dozzina di vasche piene di acidi diversi. L'odore saliva alla testa come quello dell'ammoniaca, gli operai lavoravano con enormi guanti e gelatinosi grembiuli di gomma.

Al primo piano si montavano le sveglie. La lavorazione in serie pareva non fosse applicata interamente. V'erano una decina di tavoli e a ognuno quattro montatori che se la sbrigavano da soli, partendo dai pezzi sciolti fino ad arrivare al meccanismo completo non ancora chiuso nel rotondo castelletto.

Durò quasi un'ora quella visita. Cesare stava poco attento. Studiava sul volto dello zio le reazioni che avrebbe avute quando si sarebbe sentito chiedere soldi. Mah, era un'impresa fastidiosa, ecco la verità.

"Allora, quanto ti fermi?" disse lo zio quando furono soli nel suo ufficio.

Cesare si guardava intorno. Una vecchia stanza, arredata come un antico studio di notaio, mobili scuri, poltrone di cuoio, tappezzeria color oliva.

"Ah, riparto domattina col primo treno," disse Cesare. "Devo tornare subito al lavoro."

Remigio Bonfai considerava il nipote. Non capiva quanto egli fosse teso, non lo vedeva. Gli rammentava soltanto la madre di lui, sua sorella, quella mezza matta.

"Se tua madre avesse avuto giudizio," gli disse. "A quest'ora non avresti avuto bisogno di lavorare."

Cesare osservava attentamente l'asciugacarte sul quale si leggeva a rovescio la caratteristica floreale firma dello zio, piena di svolazzi.

"Eh, già," disse. Che doveva dire? Sua madre aveva avuto poco giudizio, non pensava all'avvenire, lei, del resto come il figlio. Avrebbe potuto sposarsi una seconda volta con un vecchio commerciante toscano, ma lei no, non le piaceva e non l'aveva voluto, come se a trentacinque anni si dovesse star lì a scegliere chi piace e chi non piace. Era questa una storia rimasta famosa in famiglia, il gran rifiuto della madre di Cesare. Ma ora Cesare che poteva farci?

"Ma io son contento di lavorare," aggiunse. Era venuto il momento. "Soltanto vorrei lavorare per conto mio." Stava stracciando uno dei fogli dell'asciugacarte e si accorse che lo zio lo fissava inquieto. "E vedrai che ci riesco. Ho trovato una libreria, a me piace stare in mezzo ai libri e poi me ne intendo. Un vero affare: me la cedono per ventimila lire, così come sta, già avviata, con una buonissima clientela." Lo zio taceva, egli sentiva un sassolino in gola, fece per prendere di nuovo l'asciugacarte ma poi lo lasciò stare. "Qualche biglietto da mille l'ho messo da parte. Sai, come t'ho scritto nella lettera, venivo giù per parlarti anche di affari, e l'affare sarebbe questo: che tu mi aiutassi a comprare la libreria, io poi te le restituisco in due o tre anni le quindicimila lire," doveva tirare il fiato, ma non lo tirò perché se si fosse interrotto un momento non sarebbe stato più capace di continuare, "al massimo in tre anni, e con gli interessi, s'intende. E così sarei a posto, non dovrei più dipendere né da padroni, né da direttori."

Lo zio aveva aperto un cassetto e vi frugava dentro. Cesare ebbe la speranza fiabesca che stesse addirittura prendendo il libretto degli assegni, ma poi vide che richiudeva il cassetto e si sedeva meglio nella poltrona.

"I libri," disse lo zio, con senile flemma e romanesca ironia. "Ma se non si vende il salame, figurati se si vendono i libri. Non è il momento questo di mettersi da soli, c'è troppa concorrenza. Io, perché ormai sono tanti anni che ho lo stabilimento, altrimenti lo venderei e andrei a lavorare in un ufficio. Sarebbe poco ma sicuro, invece a lavorare da me, l'unica speranza che ho è di rimetterci un tanto al mese. E poi i libri, questa sì che è una pensata! Adesso tutti comprano motociclette, automobili, e hanno altro per la testa che i libri." Continuò così un bel pezzo e quasi lo convinse che ormai non si leggeva più. Poi, siccome Cesare, debolmente, ma tentava di obiettare qualche cosa, disse ancora: "Denari liquidi non ce ne sono. Si va avanti a pezzi di carta. Sabato mi sono trovato nei guai per dare la paga agli operai, perché non li posso mica pagare con le cambiali, o con le azioni della Società."

"Niente da fare," pensò Cesare. "Mi pareva di saperlo." Si sentiva il volto rosso, tutto il corpo indolenzito. Rivide il negozio di libri in via Gozzadini, a Milano, con l'insegna verde, la sua vetrina piena di libri, don Marsi sulla porta che attendeva il compratore fumando un sigaro e sospirando il suo cielo napoletano; gli attori della radio che dopo le prove passavano di lì e si fermavano a osservare gli ultimi arrivi. Don Marsi con buon accento partenopeo diceva loro: "Quella è un'occasione d'oro, figli miei, è il *Discorso sopra la storia universale*, del Bossuet, l'ho comprato stamattina per venti lire, mi cascasse la lingua se non è vero."

"Non ti sarai mica offeso?" gli domandò lo zio, e lo guardava con paterno occhio stanco, come dispiaciuto di vederlo così serio. Cesare si ritrovò di colpo a Roma, su una vecchia poltrona di cuoio, nell'ufficio dello zio e disse: "Hai fatto bene a spiegarmi un po' come sta il commercio. Sai, io non sono troppo pratico."

Ormai era no, e se no era, tanto valeva non discutere e dargli ragione. Ma una cosa era certa: che nessuno all'infuori dello zio poteva dargli il denaro che gli occorreva.

Tornarono a casa parlando d'altro, fecero ancora due scorpacciate, un'altra volta Cesare portò la cugina grande a passeggio, ma al ritorno si ricordò dei cioccolatini da comperare alla piccola e la mattina dopo alle sette salutò tutti, in strada, accanto all'autopubblica. Quando furono finiti gli abbracci, i torna presto e le altre cose, e si ritrovò solo nell'interno dell'auto, gli venne quasi da piangere dalla vergogna e dalla tristezza. E poi non aveva visto Roma, con la spina in gola del prestito da chiedere. Se doveva tornare per sempre in ufficio, se doveva rinunciare per sempre alla libreria, tanto valeva prendersi un giorno di più di permesso e girare un poco per Roma, da solo, spendere le ultime centinaia di lire che aveva e poi prendere il treno. Questa sì che era un'idea! Una pensata, come diceva lo zio.

"Non vado più alla stazione. Fermiamoci all'Esedra," disse al conducente. All'Esedra scese, si ritirò in un caffè sotto i portici, perché era ancora presto e poca gente girava per le strade. Che sonno. Tutta la mattina, invece di godersi la sua Roma, come aveva immaginato, lottò contro il sonno, da un caffè all'altro, roso per di più da un sottile senso di pena: tornando a Milano, avrebbe dovuto dire a Benedetta che la libreria era andata a monte. Gli venne in mente quando era partito, con Benedetta e Cristina sottobraccio, sicuro di sé, sicuro di ritornare col denaro, sicuro di avere in pugno la libreria. "Finisce tutto così," pensò. Era a Fontana di Trevi e guardava nella vasca, come un forestiero qualunque che voglia buttarci il soldino, e i romani che passavano non sapevano che quella vasca era sua, che da ragazzo passava le giornate intere intorno a quella fontana, a giuocare agli indiani con i suoi amici. "Finisce tutto così," pensava. "Se non ci sono i soldi non si combina niente." Lo attendeva l'ufficio, ormai, la rosea mummia del direttore, un tipo bianco e rosso come un fantolino da latte, e pure aveva quasi sessant'anni. Lo attendeva Ferrari, il collega, l'avvoltoio in agguato per mangiare le viscere del direttore appena ne avesse avuto l'occasione, per soffiargli il posto. Lo attendeva Benedetta alla quale aveva assicurato "che quando io ti dico una cosa è quella e la libreria la voglio e la libreria devo avere".

Dopo mezzogiorno entrò in una trattoria per mangiare qualche cosa, e già meditava di partire col primo treno, perché così solo, sciagurato, non ci si poteva vedere a Roma. Sedette, non poté rifiutare quello che un intraprendente cameriere volle imporgli, cioè un altro pesantissimo pasto. Mangiò di malavoglia leggendo il giornale. Investimenti, gente asfissiata dal gas, fidanzati accoltellati da donne gelose. Che allegria. Mise da parte il giornale, sfogliò l'orario, c'era un treno che partiva alle tre, ma si arrivava a Milano a mezzanotte, la padrona della pensione avrebbe brontolato come al solito.

Si sentì toccare il braccio. Una ragazza seduta al tavolo accanto gli chiese il giornale. Glielo dette e tornò a guardare l'orario. Poco dopo vide una mano che gli metteva il giornale sul tavolo.

"Grazie."

"Prego."

La ragazza chiamò il cameriere per il conto. Aveva i capelli rossi, gli occhi chiari, le labbra portavano un luminoso carminio color arancione.

"Il conto anche a me," disse Cesare.

"Subito."

Uscì insieme con la ragazza, le aprì la porta, essa sorrise. Per un impulso del quale non si sarebbe creduto capace le disse: "Sembra primavera, e a Milano c'è ancora la nebbia."

Si deve cominciare sempre con queste stupidaggini, non è possibile diversamente. Essa non rispose nel solito modo, che sarebbe stato bello fare una passeggiata, oppure alzando altezzosamente le sopracciglia per fargli capire che lei non parlava con le persone conosciute in trattoria. Disse, invece: "Oggi mi dà fastidio questo sole. Ho guardato i programmi degli spettacoli sul giornale perché volevo andare a nascondermi al cinema."

Egli le chiese perché voleva andare a nascondersi al buio, se non era indiscreto. Le camminava a fianco rispettosamente, e del resto la ragazza, che avrà avuto venticinque anni o anche più, aveva addosso, valutò, una diecina di mila lire di volpi argentate, un altro paio di mila lire della borsa a valigia, più un'inestimabile espressione di finezza, di nobiltà, di donna di razza.

"Come gli struzzi," rispose lei. Ah! pensò Cesare, per nascondere la testa nella sabbia e non vedere, come dicono che facciano gli struzzi. Ma essa aveva già stabilito con lui un vivo senso di cordialità, come fa una vera signora a un ricevimento, mettendo subito a suo agio tutti gli invitati. Tanto che egli le disse: "Vi do fastidio? Se sì, ditelo."

Essa guardava in terra. "Un poco," rispose. "Ma mi abituerò." Sorrise.

Che doveva fare? Lasciarla andare per i fatti suoi o no? Di solito era molto impacciato con le donne, ma quel giorno, chissà, dava dei punti al più consumato circuitore. Le disse: "Vedrò di abituarmi al pensiero di darvi un po' di fastidio e non andarmene subito. Vorrei lasciarvi sola, ma non è facile."

"Ma è pochissimo il fastidio, quasi nulla. Fra un minuto non lo proverò più." E sorrise ancora.

Camminarono in silenzio. Passando davanti a un cinema egli glielo indicò senza parlare. Essa scosse il capo. "Andiamo verso il fiume," disse.

Arrivarono al Lungotevere, si appoggiarono al parapetto, l'acqua densa scorreva sotto i loro occhi. Cesare ricordò il padre di Benedetta che gli parlava di Eraclito: "Nessun uomo si bagna due volte nella stessa acqua", e applicò subito il pensiero a quella donna; non l'avrebbe rivista più, non l'avrebbe incontrata più, nessun uomo incontra la stessa donna due volte.

"Siete di Milano?"

"Vivo a Milano, ma sono nato a Roma."

Si sentiva ancora più triste di prima, prima d'incontrarla.

"Quanti anni avete?" domandò lei.

"Ventiquattro."

Pensò che doveva presentarsi. Ma che villano era diventato. Pure, appena glielo disse essa scosse il capo. "A me non importa. Se vi fa piacere pronunziare il vostro nome, però, fate pure."

"Cesare Vairaghi," disse lui. "Cesare Vairaghi. No, non mi fa nessun piacere."

Il sole era arrivato fino al punto in cui si trovavano, un sole tepido ma luminoso, essa cominciò a sbattere le palpebre, disse: "Andiamo in qualche posto dove si possa stare soli."

Quella mattina Cesare aveva visto un caffè con tante salette separate, pensò che andava bene, ve la portò. Sedettero a un tavolo coperto da un tappeto sul quale era ricamato uno struzzo. Egli sorrise indicandoglielo.

"Il nostro collega," disse lei osservando il disegno. "Anche voi non siete troppo allegro."

"M'è andato male un affare." Sapeva benissimo che a lei non interessavano le sue storie, ma sentiva il bisogno di parlare, di confidarsi, anche a un muro avrebbe parlato. "Volevo comprare una libreria, a Milano, mettermi a lavorare per conto mio, non in un ufficio, come adesso, ed ero venuto qui a Roma, a chiedere soldi a mio zio, ma lui non mi ha dato nulla, mi ha detto che non si vende neppure il salame, figuriamoci i libri."

Il cameriere con l'abito a code entrò, annotò su un taccuino le consumazioni, s'inchinò diverse volte. L'aria della saletta era profumata, lontani odori di liquori misti a un più vivo profumo di violette, chissà chi ve l'aveva lasciato. Egli continuò, gli occhi fissi sulla tenda trasparente che li separava dal mondo: "Così adesso devo tornare a Milano con le mani vuote, in aprile mi sposo e pensavo di avere la libreria per quell'epoca, mia moglie e io in negozio a vendere e comprare i libri. Mi piacciono tanto i libri, vorrei passare la giornata a leggere e a parlare di libri. Le statistiche che devo compilare in ufficio mi abbrutiscono. Già, questa è la storia del michelaccio, piace a ognuno non far niente tutto il giorno con un libro in mano, lo so."

Il cameriere ritornò con le consumazioni, poi uscì e questa volta tirò una tenda pesante. Egli guardò il foglietto del conto: settantacinque lire, sorrise: "Ci credono due innamorati clandestini."

Una luce da acquario pioveva indiretta da una piccola nicchia nel muro e dava al volto di lei una patina gelida, rigida, da antica statua etrusca. Essa batté con la sua sul dorso della mano di lui.

"Volete bene alla vostra fidanzata?"

"Sì. Ma sono avvilito. Non volevo sposarmi da impiegato, volevo offrirle qualche cosa di più che uno stipendio. È la figlia di un professore, è abituata bene anche se ha gusti semplici perché è fine, col mio solo stipendio non so come ce la caveremo. I soldi si mischiano dappertutto, in ogni cosa, non c'è pace, non c'è misericordia. Oggi posso stare con voi solo perché ho qualche centinaio di lire da spendere; mi ricordo diversi anni fa, a Milano, seguii una ragazza che usciva da Brera, insieme con me, come ho fatto oggi con voi uscendo dalla trattoria. Cominciammo a parlare. Ero molto giovane, d'accordo, ma so che ci piacemmo subito, ero tanto felice di starle vicino, ma non avevo neppure un soldo, non potevo portarla in nessun posto e per strada non si può parlare. A un certo punto ci fermò uno di quei ragazzi che girano con una gabbia e dentro c'è un canarino, un pappagallo, non lo so. Il canarino prende un foglietto con l'oroscopo da una cassetta vicina e voi dovete dare una moneta al ragazzo. Io non avevo nessuna moneta. Il ragazzo ci seguiva insistente, io lo mandavo via e lui ritornava piagnucolando. Allora lei capì e gli dette un ventino. Poi pensò forse che dovevo essere un vagabondo, era giovane anche lei e non poteva capire che non è obbligatorio essere vagabondi quando non si ha un soldo. Salì sul tram alla prima fermata che trovò e mi salutò fredda fredda. Se avessi avuto venti centesimi forse adesso sarebbe mia moglie."

Si sfogava. Neppure a Benedetta poteva dire certe cose, ne aveva come soggezione. Si può parlare così solo a una donna che non si conosce e non vi conosce, in un posto dove il cameriere ha l'abito a code e tira tutta una serie di tende dalle più trasparenti alle più opache. Ah, che ridere.

"I soldi fanno sempre male," disse lei. "Quando non si hanno e quando si hanno."

"Quando non ce ne sono si sta peggio," mormorò Cesare.

"Secondo." Essa cominciò a parlare di sua figlia. Parlava piano, con molta semplicità, certo doveva sfogarsi anche lei con qualcuno, si sentiva sola. Disse che era fuggita di casa a diciotto anni. Era una bambina, non capiva niente e un tale le aveva fatto girare la testa. Lei credeva per amore, invece l'altro mirava al patrimonio di lei, ma questo lo capì molto più tardi. Il tale voleva sposarla e siccome il padre di lei non aveva voluto, intendeva forzargli la mano portandogli via la figlia. Ma il padre tenne duro e non dette il suo consenso, anzi denunziò il giovanotto. E tenne duro anche quando la figlia gli fece sapere che stava per avere un bambino. Le scrisse: “Piuttosto morirò di dolore e di vergogna, ma non ti permetterò mai di sposare quell'avventuriero che non ama te ma il nostro denaro. Torna con tuo figlio e lascia quell'uomo, io non ho pregiudizi, ma finché starai con lui non avrai niente.” Saggio padre, anche se doveva soffrire molto nell'agire così. Quando il tale capì che in nessun modo venivano fuori soldi e tanto meno il consenso al matrimonio; e che per di più gli toccava mantenere la ragazza e la bambina, fece una cosa semplicissima, se la svignò ed essa dovette per forza tornare a casa.

La bambina si chiamava Elena, venne allevata dalla madre e dal nonno con tutte le cure, come la figlia di un re, tanto denaro ce n'era, e il fatto che sull'atto di nascita la casella della paternità fosse riempita con un: “di N.N.” era un male, ma forse minore di altri. A nove anni la bambina morì a Roma.

“Due mesi fa,” diceva essa. “Ancora due mesi fa andavamo in piazza del Popolo, sedeva a cavalcioni di uno dei quattro leoni e con una matita copiativa disegnava, sulla groppa del leone, alberi, case col fumo che esce dal camino, pupazzi. Era il suo divertimento più bello. Io le stavo vicino e pensavo che sarebbe divenuta una grande pittrice. Ancora adesso, ogni tanto, vado a vedere i suoi disegni. Si trovano sul leone di destra, sapete, guardando verso piazza Venezia. Qualcuno è rimasto, gli altri sono scomparsi. È rimasta una casetta, col portone aperto;

diceva che era la casetta del nonno, perché in campagna, in Toscana, abbiamo una villetta dove vive mio padre. Non riesco ancora a fare niente, ma speriamo che passi."

Cesare ascoltava guardando lo struzzo disegnato sul tappeto. Il vassoio gli copriva il corpo goffo, si vedeva solo la ridicola testa.

"Sentite," le disse, ed erano rimasti a lungo in silenzio. "Facciamo il contrario di questa stupida bestia. Siamo venuti qui a nascondere la testa in questa tana profumata, proprio come lo struzzo nella sabbia. Andiamo fuori, se no si diventa stupidi."

Aveva ragione. Fuori da quella tana, da quei profumi, da quella luce artificiale, c'era il sole, l'aria corrente, le voci degli uomini: ripresero presto contatto con la realtà. Egli la teneva rispettosamente sottobraccio; le aveva chiesto il permesso, prima, non voleva comprometterla.

"Sei un collegiale," gli aveva risposto.

La portò in piazza di Spagna, salirono di corsa la scalinata, come per scacciare le ultime nebbie dei ricordi, poi fecero una lunga passeggiata e non parlarono più di loro stessi, ma dei luoghi che conoscevano. Lui di Milano, lei della Toscana, dov'era nata.

"E adesso ti accompagno alla stazione," disse lei a un certo punto guardando l'orologio.

Ah, già. Doveva partire, doveva tornare, lo sapeva benissimo, ma si era costretto a non saperlo. Gli veniva irresistibile alle labbra la voglia di dire: "Vorrei rimanere qualche giorno ancora, con te." Ma allora essa avrebbe pensato che era uno dei soliti che girano intorno alle donne, che tutte le malinconie degli uomini finiscono a un modo. No, no, non le doveva dir niente. Si trattenne e cercarono un'autopubblica.

Arrivarono appena in tempo, già un ferroviere chiudeva gli sportelli del treno.

"Non so neppure come ti chiami," le disse lui con un piede sul predellino.

"Non serve a niente," gli rispose.

"È vero." Salì, si affacciò al finestrino e non la vide più. Dove era andata? Ma ecco che se la ritrovò a fianco. Era salita anche lei.

"Ti accompagno fino a Orte," gli disse. "Così stiamo insieme di più."

Stettero nel corridoio quasi deserto, davanti a un finestrino. Il sole era tramontato, la campagna era in un bagno grigio, come in una nebbia lucida. Sentiva che aveva molte cose da dire a quella donna, Cesare; poi rifletteva e capiva che era inutile. Pensava come lei: "Non serve a niente." Venne il controllore, essa levò dalla grossa borsetta un mucchio di soldi, dette un foglio all'uomo che scrisse qualche cosa sul taccuino e poi se ne andò.

"Forse mi fermo a Orte, forse torno a Roma, non lo so," diceva lei.

Egli tacque. Il treno rallentava. Addio, addio. Essa gli strinse un braccio in segno di saluto, se ne andava, non sapeva neppure chi era. Nessun uomo si bagna nella stessa acqua due volte. L'unica cosa che fu capace di fare, perché di parlare non se la sentiva, fu quella di baciarle le mani. La sconosciuta discese.

"Rimani su," gli disse. La vide discendere dal treno fermo alla stazione di Orte. L'ultima cosa che vide di lei furono le teste delle due volpi argentate che si baciavano.

Il resto del viaggio lo passò ciondolando sul sedile dello scompartimento, o per il corridoio. Andò un paio di volte, nella notte, a lavarsi la faccia al lavabo del gabinetto ma scendeva giù un'acqua tiepida che faceva schifo. Sonno non ne aveva, ma gli occhi gli si chiudevano e quando li aveva chiusi vedeva una miriade di puntini grigi che ballavano sfrenatamente. Arrivò a Milano morto, e dimenticò la borsa d'affari con la camicia e altra biancheria dentro. "Peccato," pensò, "costava parecchio." L'aveva lasciata in treno, bastava che tornasse indietro per ritrovarla, se non l'avevano rubata, ma non se la sentiva.

A Milano era sereno ma faceva freddo, chiazze di gelo maculavano le strade. Salì sul tranvai che lo portò in corso Italia dove scese e raggiunse la pensione. La signora Marina stava come sempre alla cassa, alzò la testa ornata da una grande massa di capelli grigi, sorrise ipocritamente.

"E inscì, come l'è andada?"

"Ah, bene bene." Corse su, nella sua stanza. Che effetto gli fece ritrovarsi lì dentro dopo tutti quei treni. L'armadio coi libri rilegati in tela azzurra gli sembrò quello di un altro, eppure tre giorni prima lo amava tanto, gli sembrava la cosa più bella della sua vita. Aveva i sei volumi di *Storia Romana*, tutti i dialoghi di Platone, quattro edizioni differenti della *Divina Commedia*, e un mucchio di altri libri. "Mah!" pensò, si gettò sul letto dopo essersi svestito sommariamente. Un sole estenuato, boreale, entrava dalla finestra. Aveva freddo anche sotto le coperte e il sonno tardò a venire. Si svegliò alle tre del pomeriggio perché bussavano alla porta.

"Chi è?" domandò.

La voce sguaiata di Gruggi, la cameriera che si chiamava Geltrude, rispose: "C'è giù la signorina."

La signorina era la fidanzata, Benedetta.

"Scendo subito. Dille di aspettarmi un momento."

Si lavò e si ripulì in fretta. Mentre si lavava pensò che doveva spiegarle come era andata la storia dei soldi chiesti allo zio. Si vergognava, voleva quasi dirle che lo zio gli aveva detto che al momento non poteva, ma che, per giugno o luglio glieli avrebbe mandati, quei soldi. Ma si accorse che era una cosa puerile. Pure gli pesava molto confessarle la sua sconfitta.

Ma quando scese le scale e la vide seduta su una poltrona, quieta, serena, lo sguardo sorridente volto verso di lui, sentì che non gli pesava più la sconfitta, che con la libreria o senza c'era almeno lei, nella sua vita, e tutto non scorreva incessantemente.

Già Benedetta aveva compreso che egli non aveva combinato nulla. Se avesse ottenuto il denaro dallo zio, le avrebbe telefonato appena arrivato a Milano. Se era andato invece a dormire voleva dire: niente di fatto.

"Usciamo?" gli disse prendendogli il braccio. Salutarono la signora Marina che li seguì con lo sguardo sospettoso fin quando non scomparvero oltre la porta.

"Il vecchietto non ne vuole sapere," le disse subito Cesare appena furono in strada. Lo diceva allegramente, senza amarezza. Come mai fosse allegro non lo capiva, sapeva però che gli capitava spesso; a un certo punto, poteva cascargli il mondo addosso ma non se la prendeva.

"Bisogna compatirlo," disse Benedetta. "La gente di età va coi piedi di piombo."

Cesare accese una sigaretta. "La verità è che la gente prima di darti una lira ne vuole due. Io sono partito senza troppe illusioni, tanto ho un buon impiego e vivo benissimo anche senza librerie. Però lo zietto non ha fatto certo una bella figura. Con tutti i soldi che ha, rifiutarmi una diecina di biglietti da mille!"

Sotto quella vernice di spavalderia Benedetta intuiva che egli era rimasto ferito, e molto. Adesso cercava di essere indifferente, perché non c'era altro da fare. Ne ebbe pena. Vide che la portava giù per corso Italia, istintivamente, verso la libreria. Voleva rivedere il negozio che aveva sognato di far suo, bisognava stornarlo da quelle malinconie.

"Andiamo a bere qualche cosa in piazza," gli disse.

Egli scosse il capo. "Volevo far due chiacchiere con don Marsi"; parodiò il buon libraio napoletano: "Iamme, iamme, signurì."

Arrivati vicino al Naviglio svoltarono in via Gozzadini e, dove la strada girava dolcemente come un viottolo di campagna, ritrovarono la loro vecchia libreria. Entrarono. Il campanello sulla porta fece il solito tlon tlin. Don Giovanni Marsi stava lavorando un cliente e non lo mollò finché non gli fece acquistare un libro.

"Tutto a monte," disse Cesare. "Lo zio non apre la borsa." Scherzò: "Sono venuto qui a sentire se mi vendete il negozio a credito. Ogni mese una cambialetta di cento lire."

Giovanni Marsi scriveva sul registro l'importo del libro venduto prima. "Figlio mio," disse. "Mò ve lo regalo pure, se fosse per me. Ma coi soldi del negozio mi voglio fare la casa a Napoli. E ho già ricevuto un'altra offerta..."

Spiegò coloritamente che aveva trovato un tale che gli comprava la libreria. Gliel'aveva messa cinquemila lire di più perché gli era antipatico, avrebbe preferito venderla a un bravo guaglione come lui, ma ormai.

Cesare guardava il chiaro stanzone foderato di scaffali dal pavimento al soffitto. L'odore della vecchia carta stampata dava un senso di pace che in nessun altro luogo provava. Una lampada alta spandeva una luce quieta invitante alla lettura. Sarebbe stato così bello sedere con Benedetta dietro la vecchia scrivania, guardare attraverso la porta a vetri nella solitaria via Gozzadini, e aspettare il cliente. Nessuna fretta, nessuna oppressione, non l'irritante ticchettio delle macchine per scrivere, o il ronzio nevrastenico delle calcolatrici, come in ufficio, ma un grande, vasto mondo di libri, di voci umane fermate per sempre sulla carta che non attendono altro che essere ascoltate.

"Eh, già," rispose a don Marsi. Poi volle comprare qualche libro, se non altro per il piacere di frugare negli scaffali. Trovò una strana *Storia della donna ai tempi di Pericle* e la comprò. Era un grosso volume rilegato, osservò il prezzo scritto a matita sul risvolto della copertina, trenta lire.

"Don Marsi, esagerate," gli disse ironico.

"Regalato! Regalato!" disse don Marsi mettendogli il libro sottobraccio e spingendolo verso l'uscita. "Mi pigliate sul serio per uno strozzino."

Dovette accettare e non voleva. Uscì con Benedetta al braccio e presero verso corso Roma.

"Stasera mangi con noi," disse Benedetta.

"Sì, grazie." Bisognava dire anche al padre di Benedetta com'era andata a Roma.

"Andiamo subito a casa, non ho voglia di girare."

"Andiamo."

Sembrava non avessero niente da dirsi. Anche a casa di Benedetta sedettero sul solito divano, la domestica portò il solito vermut, egli si mise a sfogliare il libro regalatogli da don Marsi. "Dopo tutto," pensava, "ne sfumano tanti di progetti, può sfumare anche il mio." Sentì la mano di Benedetta che gli circondava il collo, appoggiò istintivamente la guancia sul dorso di quella mano.

"Che rabbia," disse con mestizia.

Capitolo II

Cesare Vairaghi esitava davanti agli scaffali della sua piccola biblioteca. Più che leggere le diciture sul dorso dei libri guardava fuori della finestra, la sera era già scesa in corso Italia, il sole era calato pochi minuti prima, una donna con un soprabito color cielo passava per la via; se fosse stato pittore gli sarebbe piaciuto fermare l'immagine. Troppe cose voleva essere, commerciante, libraio, artista, era molto probabile che sarebbe rimasto sempre il solito impiegato. Gruggi nel corridoio lavorava rumorosamente, che antipatica quella ragazza, pareva che tutti le dessero fastidio e non si poteva nemmeno guardarla di sfuggita che rispondeva con un'occhiata ironica: "Sono una servetta, ma al signore non dispiacerebbe, vero?" Sciocca, credeva proprio che per quei due soldi di bellezza tutto il mondo le stesse dietro. Si decise infine a prendere dallo scaffale un vecchio libro di filosofia che teoricamente gli piaceva moltissimo, ma praticamente lo faceva addormentare alla terza pagina. Si sdraiò sulla poltrona ricoperta di stoffa, faticò un poco a trovare il segno dell'ultima volta, cominciò a leggere. Ma subito tornò a guardare dalla finestra. Cominciava una lontanissima primavera, il cielo non aveva più il pallido slavato dell'inverno, l'aria ancora fredda prometteva però d'intiepidirsi presto. "Questa primavera Benedetta e io andiamo a fare il viaggio di nozze sul Garda, cascasse il mondo," pensò. Poi si obbligò a leggere con attenzione e vi riuscì. Udì Gruggi entrare nella sua stanza per chiudere le finestre e non levò neppure il capo; udì il piano dei vicini di camera accennare una canzonetta, gli piaceva, ma non interruppe la lettura. Solo verso le sette e mezza bussarono alla sua porta.

"Sono io, giovanotto," la porta si aprì, entrò il padre di Benedetta e la stanza sembrò subito troppo bassa per lui. Quel vecchio magro, senza barba, ossuto, dal naso pettegolo, potevano farlo anche un po' più piccolo di statura. Cesare gli andò incontro posando il libro sul tavolo.

"Bene," gli disse, "avevo proprio bisogno di compagnia."

Alessandro Montelli andò subito a dare un'occhiata al libro. "Ancora a pagina 35," disse. "Vale la pena di imprestarteli, i libri." Masticava mezzo toscano spento, camminò su e giù per la stanza. "Non andavi a mangiare?" gli disse.

"No, non ne ho voglia," fece Cesare.

Il professore lo guardava con aria enigmatica, canzonatoria. Non doveva vederci molto, ma gli occhiali non li portava. "Non verresti a cenare da noi?" gli chiese. "Sono passato a prenderti, credevo che fossi già andato in trattoria."

"È un'idea," disse. "Un po', che vivo alle vostre spalle."

"Allora aspetta che telefono a Benedetta," fece Alessandro. Andò al telefono posto sul comodino accanto al letto, formò il numero.

"Il signore dice che viene, ma che non ha appetito," disse nel microfono. "Un'altra volta vieni tu a invitarlo, non ho nessuna voglia di fare il messaggero galante, io. Ciao," riattaccò il ricevitore. "Andiamo, Cesare."

Era allegro il professore, pensò Cesare, contento di essere nato. Per la via si sentì prendere sottobraccio. Uno dei più cari uomini del mondo, non sembrava neppure il suocero, ma un amico invecchiato col quale si giuocava da ragazzi.

"Lo beviamo un vino bianco?" fece. "Voialtri vi rovinate lo stomaco con un sacco di aperitivi diversi; invece un bicchiere di vino bianco, con un goccio di selz e una scorza di limone è il migliore. E poi gli affari bisogna trattarli all'osteria."

"Che affari?" domandò Cesare.

Attraversavano il Naviglio di Porta Romana, ancora poco tempo prima era scoperto, si passava sul ponte e si guardava giù, come a Venezia, adesso avevano coperto tutto con l'asfalto, avevano messo i semafori.

"Una sciocchezza," disse il professore insinceramente. "Vedrai che combiniamo subito." Lo guidò in una vera e propria osteria, in corso Roma, dove stagnava un lento odore di vino. I tavoli erano coperti da un tappeto verde, due uomini in tuta mangiavano in un cartoccio posto tra loro due. Una donnetta giovane, stranamente elegante per un posto simile, venne con indolenza al banco.

"Due bianchini," chiese il professore. Mise una mano sulla spalla di Cesare, gli disse: "È per la dote di Benedetta."

Chi aveva mai parlato di dote, pensò Cesare. Sentiva gli altri parlare di dote, leggeva gli annunzi matrimoniali del "Corriere" che ne parlavano, per lui personalmente la cosa era del tutto nuova.

"Ah," fece.

La donnetta aveva finito di preparare i bianchini.

"Alla salute."

"Alla salute." Il professore sembrava bere e pensare alla quadratura del circolo, intanto, così intensa era la sua espressione di pensierosità. "Volevo dire," mormorò come intimidito, "che Benedetta porta qualche cosa. In aprile vi sposate ed è ora di fartelo sapere."

"Per me," fece Cesare. Non gli garbava molto quel parlare di soldi, lo trovava oscuro, incomprensibile, e poi aveva la luna, vedeva tutto storto.

"Per te, per te," rispose il professore animosamente. "Non si vive mica di solo amore, una casa dovrai farla a tua moglie, non vorrai portarla in pensione, o al Parco."

"Chi ha detto che la voglio portare al Parco," disse Cesare sempre inquieto. "Sono già d'accordo che per la casa ci pensiamo a metà, e al resto io..."

"Ah, sì..." Alessandro sembrava confuso, guardò nel bicchiere, ma era vuoto: "Sono trentamila," disse.

Cesare accese una sigaretta. Non aveva la minima idea di che cosa dovesse rispondere. "Trentamila lire?" domandò stupidamente.

"Eh, no, cosa vuoi che siano, trentamila patate?" disse il professore. Lo riprese sottobraccio, uscì con lui dal locale, camminavano in silenzio. Presero per via Lamarmora, arrivarono all'incrocio con via Commenda senza dire più una parola.

"Pensavo per la libreria," disse infine Alessandro Montelli fermandosi, senza guardarlo in faccia. "Visto che tuo zio non ha potuto..."

Gli volevano comprare la libreria. Benedetta e il futuro

suocero. Vide il negozio in via Gozzadini, avrebbe voluto farci mettere un'insegna al neon e, se la cosa andava, comprare i locali dell'autorimessa che si trovava a fianco e fare tutto un unico vastissimo negozio. Benedetta doveva mettersi in rapporto con tutte le Case editrici per avere prima degli altri i libri e poi sarebbe stato bene specializzarsi, fare incetta di un certo tipo di libri, per esempio i classici della filosofia; si smerciavano lentamente, lo sapeva benissimo, ma si smerciavano tutti, e poi non si trovavano facilmente. Tutte le opere di Platone, di Kant, di Fichte, il professore era un competente in materia, avrebbe diretto lui la sezione speciale. Ma non sapeva se fosse proprio bello aprire un negozio coi soldi della fidanzata, gli pareva di no. Intanto il vecchio aspettava una risposta, lo guardava, sentiva su di sé i suoi occhi che lo pungevano.

"Cosa c'è, non ti va?" domandò Alessandro, sempre fermo all'angolo di via Commenda, come avesse fatto voto di non muoversi se non avesse risolto la questione.

"No, figurati se non mi va," esitò Cesare. La storia della dote doveva essere una fandonia che avevano inventato quando lo avevano veduto tornare così scorato da Roma. Non avevano mai accennato a soldi che dovesse portare Benedetta, volevano soltanto fargli un bel regalo, come a un bambino. Si decise a dire quello che sentiva: "Non sposo mica Benedetta per la libreria. È un'idea che è andata a monte, pazienza. Se troverò quei soldi la realizzerò, se no amici come prima: Benedetta e io facciamo a meno di tutte le librerie."

Il professore si decise a riprendere il cammino. Percorsero tutta via Lamarmora, arrivarono sui bastioni. "E perché vuoi trovare quei soldi, se li hai già trovati da me?" diceva camminando. “Le ragazze hanno una dote, così si usa; la dote è del marito, anche questo si usa, non l’ho mica inventato io. Io ti do questo denaro, come è mio dovere, e tu compri la libreria.” Fece una pausa, si decise a riporre nel taschino del panciotto il mezzo toscano che masticava da un bel po’ e aggiunse: “La mia idea è che tu compri subito la libreria, prima che quel filone di don Marsi la venda a qualche altro o rincari il prezzo. Così la mettiamo subito in funzione e quando tornate dal viaggio di nozze vi mettete al lavoro senza perdere tempo. Durante il viaggio di nozze penseremo Cristina e io al negozio; a proposito, è a cena con noi anche Cristina.”

Erano arrivati al portone del vecchio palazzotto sui bastioni. Gli alberi del viale non avevano ancora una foglia, una motocicletta fuggiva in lontananza con continue esplosioni. Cesare si fermò, disse: “Questi soldi te li restituisco. Ti farò delle cambiali, poi ne parleremo meglio, ma vedi, io...” non riusciva a spiegarsi perché si sentisse gli occhi umidi. Prese una mano dell’altissimo suocero, gliela strinse fra le sue. “Vedi, io in tre anni ti ridarò tutto, con gli interessi, perché la libreria andrà bene, lavorerò come un negro, ma faremo soldi, sarai contento del marito di tua figlia.” Salirono le scale senza parlare, il colloquio aveva preso così inaspettatamente una tinta patetica che nessuno dei due riusciva a tornare subito al tono normale. Solo davanti alla porta di casa, parlando a bassa voce, il professore disse: “Ma che vuoi restituire? Se è la dote, cosa restituisci?”

Suonò il campanello, ammiccò al futuro genero come a dirgli: “Ne parliamo poi, adesso vedrai che ci divertiremo.”

Cristina venne ad aprire. La mettevano sempre in mezzo quella ragazza, con la scusa che abitava sola al piano di sopra;

Cesare avrebbe voluto stare con Benedetta e Alessandro, specialmente quella sera, avevano tante cose da dire.

"È pronto, Cristina?" domandò Alessandro.

"È dall'altro ieri che è pronto!" gridò Benedetta dalla cucina. "Sbrigatevi."

Trionfalmente la videro passare per il corridoio seguita dalla domestica che reggeva una zuppiera.

"Ciao Cesare," disse. Gli sorrise con gli occhi, nerissimi sotto i capelli neri.

"Combinato!" gridò il professore. "Domani Cesare va a comprare la libreria." Lo disse così alla presenza anche di Cristina. Cesare capì che avevano fatto un piano, tutti d'accordo, si trovò un poco impacciato. Ma durante la cena gli passò, dimenticò la lieve risentita soggezione che gli dava quel denaro piovutogli addosso così inaspettatamente. Era felice. Ecco alla sua destra Benedetta in un abito a maglia tutto blu con la scollatura fermata da una spilla di metallo bianco. Diavolo se era bella, quasi non se ne accorgeva più, s'era truccata, dipinta, profumata per la grande occasione, perché volevano festeggiare l'acquisto della libreria, e lui mezz'ora prima non ne sapeva niente. Se dopo cena gli avessero permesso di fare un giretto con lei per i bastioni... Si ricordò che era un pezzo che non la baciava; il profumo che si era messo, lievissimo ma trillante, gli mandava per traverso il cibo. Come le stava bene quel blu mare aderente della lana, le sfiorò un braccio per sentire il morbido della manica e intanto le mormorava all'orecchio che appena finito di mangiare voleva portarla fuori.

E davanti a lui il futuro suocero, il professore Montelli Alessandro. Strano tipo, a volte era timido come un collegiale, altre volte aggressivo e nervoso. Era molto facile bisticciare con lui. Una volta avevano fatto una lite senza fine a proposito di Platone. Cesare gli preferiva Aristotele. Platone gli sembrava un nobile aristocratico in vena di fare delle finezze fuori luogo, tanto per reazione alla politica del suo tempo, poco propensa ai nobili. Il professore aveva detto che questa era la più grossa bestialità che avesse mai inteso, che dopo Platone non erano nati che due soli filosofi, Vico e Kant. Le contraddizioni di Cesare lo avevano poi irritato fino al massimo e per qualche giorno non aveva voluto neppure vederlo. Lui e Benedetta si trovavano fuori di casa, nei caffè, finché una settimana dopo il vecchio professore venne a prenderlo alla pensione e a dirgli che non poteva negare che anche Aristotele avesse i suoi meriti. Ma che tipo, ora gli offriva all'improvviso trentamila lire per la libreria ed era venuto a dirglielo quasi col timore che egli rifiutasse. Cesare non poteva rifiutare, naturalmente, era stato impacciato però nell'accettare e forse aveva detto di sì prima ancora di aver capito bene a che cosa dicesse di sì. Ma col professore non occorrevano tante sofisticherie, egli capiva, certo.

E alla sua sinistra Cristina che mangiava a occhi bassi, aveva sempre quel modo di guardare malinconico; povera ragazza, ogni tanto gli era antipatica, non capiva cosa ci trovassero i Montelli in lei per fare tanta amicizia. Ma quella sera, no, non gli era antipatica. Era anche carina, con i capelli biondi, gli occhi chiari, la carnagione evanescente delle bionde delicate. Stava bene insieme con Benedetta quando uscivano tutte e due senza cappello e si vedevano vicini e contrastanti i loro capelli morbidi. Cristina era venuta ad abitare in quella casa due anni prima, quando aveva perduto la madre ed era rimasta sola, aveva fatto amicizia con Benedetta una sera che questa aveva dimenticato la chiave del portone e ora pareva fossero due sorelle. Taceva quasi sempre e faceva tutte le cose come se non gliene importasse molto, pure le faceva e bene. Più di tutto, forse, le piaceva leggere e non le si poteva parlare di un libro che lei non l'avesse letto. Di storie sentimentali non sembrava averne, accennava qualche volta a un suo collega d'ufficio, anziano, ma per riderne un poco.

"Allora un brindisi," disse il professore. Toccò col suo il bicchiere di Cesare, quello di Cristina, quello della figlia. "All'avvenire della grande libreria Vairaghi. Tutte le cose cominciano così, con niente, un negozio in una via buia e stretta e poche migliaia di lire, ma chi sa lavorare le porta avanti. Senofonte di ritorno in patria dalla marcia dei diecimila disse: 'Abbiamo camminato.' Ebbene, camminerai anche tu, Cesare, con la tua libreria, questo lo so, perché hai entusiasmo. Se poi vuoi camminare anche stasera con Benedetta, come mi pare di aver capito, uscite pure subito ma tornate presto perché dobbiamo parlare d'affari. Intanto io e Cristina giuocheremo a scacchi."

Si navigò così ancora per un po' in quel mondo beato di speranze e di buon vino. Cristina disse che bisognava assolutamente affittare anche l'autorimessa vicino alla libreria per farne una sala di lettura. Una bella sala con poltrone e tavoli per sfogliare, consultare libri: tutto gratuito. Cesare scosse il capo.

"L'idea è buona, ma è il gratuito che bisogna considerare bene. Il negozio è in un quartiere popolare, con la scusa del gratuito si riempie il locale di barboni che sporcano e rubano i libri."

Benedetta rifletteva. "Si potrebbe far pagare un abbonamento mensile," disse. "Dieci lire, non so. Per chi è cliente, invece, gratis."

"Così sì che va meglio. Che ne dici?" domandò Cesare al professore.

Alessandro Montelli non partecipava più ai discorsi, evidentemente sognava, fumando, perché gli anni e la cultura e la vita non gli avevano ancora tolto la capacità di sognare. Da qualunque comune fatto della vita quotidiana egli spessissimo risaliva per via di astrazioni alla gran foce della storia e faceva paralleli, costruiva teorie, si perdeva nel vasto mare, che pure conosceva così bene, delle antiche età. Molto probabilmente stava pensando ai Tolemaici, alle grandi biblioteche alessandrine, lontanissime genitrici della modesta libreria di Cesare Vairaghi.

"Ah, non stavo attento," disse ritornando al presente.

Poco dopo Benedetta e Cesare uscivano, mentre la domestica portava la scacchiera sul tavolo al quale rimanevano malinconicamente seduti il professore e Cristina. Appena sui bastioni si sentirono tepidamente avvolti dal leggero vento di primavera che li premeva dolcemente alle spalle incitandoli ad andare avanti. Finalmente egli poté stringere il braccio di Benedetta nel semibuio del largo viale. Lo inteneriva un senso di infinita fiducia nelle cose, nella loro bontà e nella loro bellezza. In fondo, quello che occorreva nella vita era di volersi bene e di comprendersi, allora anche il male era meno doloroso e il brutto meno brutto. Lui aveva trovato Benedetta e suo padre che gli volevano bene e lo comprendevano, non importava allora che cosa poteva accadere nel futuro, perché tanto qualunque cosa fosse accaduta avrebbero fatto fronte comune, avrebbero sofferto o sarebbero stati felici insieme, e questo basta nella vita.

Arrivarono in piazza Cinque Giornate e lì sedettero su una panchina. Il lungo tranvai della Circonvallazione correva con fragore sulle rotaie, due conducenti d'auto discutevano lì vicino in un milanese stretto e pittoresco e ogni tanto uno di essi borbottava: "Sta' sù pandìn, te me la fe' minga..." come una frase magica che lo salvasse da ogni imbroglio.

Cesare non riusciva a parlare, sapeva che Benedetta non aveva bisogno di parole e capiva. Erano stati tante volte così, insieme, senza dirsi niente, quello che contava era lo stare vicini, provavano un senso di vicendevole calda protezione, come sapessero che l'altro era sempre pronto a difenderli, a venire loro in aiuto. Anche l'estate prima quando andavano un po' fuori città, verso i campi bassi di San Giuliano e di Chiaravalle, in povere trattorie frequentate da ciclisti e da coppie più o meno legittime, rare volte i sensi avevano rotto quel fragilissimo incanto. Erano stati una volta seduti sulla base di cemento di un pilone che portava i cavi ad alta tensione, in un piccolo campo giallo, nascosti a tutti. Il sole cuoceva, essi guardavano verso gli estremi limiti della pianura, ascoltavano l'inquieto ronzio dei cavi che vibravano a placide folate di vento. In quella rovente infinita quiete nessun desiderio era passato per le loro anime; stavano con le spalle vicine vicine, a volte si toccavano le mani giuocando con un filo d'erba, tutto era chiaro tra di loro come tra due sapientissimi amanti. Ogni cosa a suo tempo, sognare e amare, prendere e desiderare, ogni cosa a suo tempo; dove lo leggemmo? Certo, anche se lo avevano soltanto letto, ormai quel pensiero era divenuto loro: ogni cosa a suo tempo, tutto è sicuro, tutto è stabile, nessuna casa crollerà, la terra non si aprirà sotto i nostri piedi, abbiamo tempo di sognare, domani avremo tempo di amare.

Strano che questi rapporti fossero nati da un incontro che era stato invece pieno di desiderio. L'aveva vista la prima volta alle spalle, mentre saliva sul suo stesso tranvai. Nel superare lo scalino la gonna di lei si sollevò, egli pensò che era una bella ragazza e incontrandola spesso in tranvai l'aveva molestata con la corte fredda ed egoistica del giovanotto che sta tessendo un'avventura. Ma man mano che la conoscenza di lei s'approfondiva, il primitivo movente dongiovannesco s'era isterilito e quando aveva potuto star solo con lei, su a Brunate, in una specie di terrazza naturale che dominava il lago di Como, circondata da alberi, non aveva fatto nulla di quello che aveva pensato di fare, ma si era messo a parlare di libri, dell'idea che covava di aver una libreria per sé.

Così ora, in piazza Cinque Giornate, pensavano insieme forse le stesse cose. Non disturbati da nessun rumore, né dal sordo, rombante fuggire dei tram sulle rotaie, né dalle discussioni dei conducenti, né dalla gente che passava accanto a loro e li guardava nell'ombra fredda data dal lampione, immaginando colpevoli colloqui che non esistevano.

"Cristina è malata," disse Benedetta. Anche questo era naturale, parlavano degli altri, non di se stessi, come se fra di loro non avessero bisogno di parole. "È stata oggi dal dottore, ha la colite."

"L'hanno tutti la colite," disse egli scherzoso." Forse anch'io."

Benedetta schiacciò col tacco della scarpina la sigaretta che aveva finito di fumare. "È per il suo lavoro," disse. "In ufficio le vogliono bene, ma è sempre un ufficio, e lei ogni tanto deve rimanere a casa perché le fa male la pancia. Ho paura che la licenzieranno."

“Sarebbe un guaio,” fece egli.

“Sua madre le ha lasciato un po’ di soldi, ma non bastano certo per vivere di rendita. Avrebbe bisogno di sposarsi.”

Benedetta gli accennava spesso a questo. Cesare ascoltava non troppo attento. Non è facile immedesimarsi nei problemi degli altri; gli altri, certo, sarebbe bene che si sposassero, che non avessero la colite, che non fossero licenziati dall’ufficio, ma in fondo tutto questo non ci riguarda, con la nostra migliore buona volontà non riusciamo a sentire quei problemi e quelle vicende; insomma è così difficile essere veramente buoni, pensava Cesare, che anche un semplice sorriso è spesso un grande atto di bontà.

“Quella ragazza ha qualche cosa che non piace agli uomini,” disse Cesare. “Chissà che cosa piace agli uomini, Cristina è bella, ha molte doti, ma mi sembra che non vada. Così come è dovrebbe avere un mucchio di mosconi intorno, invece niente.”

Benedetta pensò che Cesare aveva ragione. “È troppo onesta,” gli disse. “Gli uomini si sentono disarmati prima di cominciare.”

“Sarà per questo,” ammise Cesare. “Io non lo so. A me sembra come addormentata, mi dà l’impressione che non gliene importi molto di quello che le accade. Non dà il senso del vivo, come tutte le altre ragazze.”

“Già, sembra così ma non è così,” fece Benedetta. “Soffre e vive come tutti gli altri, ma non le piace farlo vedere, non le piace recitare. Lei dice che si recita quando si parla troppo e ci si muove troppo, o si dice troppo apertamente il nostro pensiero.”

Che tipo, pensò Cesare. Si recita, ma andiamo, facesse il piacere, erano utopie. Ma non era poi veramente sicuro che si trattasse di utopie. “Ci sarebbe Ferrari, il mio collega, ha bisogno di sposarsi e potrei presentarglielo, una sera che si va fuori. Ma è una canaglia, non lo consiglierei a nessuna. Soltanto, in fatto di donne io non ci capisco niente e può darsi che le piaccia.”

Si alzarono, tornarono piano piano a casa. Benedetta disse: “Vorrei vedere a posto anche lei, prima di sposarci. Quando saremo sposati non potrà più stare con noi, come adesso, non avrà più nessuno. Bisogna cercare qualche cosa. Tu non la conosci, ma è molto migliore di quello che si può credere, ha una finezza, un'intelligenza straordinaria per una donna di quella classe sociale. Sembra un'aristocratica.”

Cesare l'ascoltava poco. Si fermarono sotto un albero, le sfiorò la bocca, disse dopo una lunga pausa: “Sono tanto felice, Benedetta. Chissà che vita stupida avrei fatto se non avessi incontrato te.”

Essa gli carezzava con la mano la guancia ruvida. “Punge,” disse. “Ti devi radere più spesso.”

Cesare finse di imbronciarsi. “Che c'entra?” le chiese. “Uno ti dice che è tanto felice e tu gli rispondi che deve farsi la barba.”

“Caro,” Benedetta sorrise, “andiamo.”

A casa, il professore e Cristina stavano ancora giuocando. Il vecchio Alessandro perdeva spesso, era uno dei suoi crucci, non se ne capacitava, finiva sempre col dire che perdeva perché giuocava svogliatamente, per cavalleria, perché dopo un poco si stancava. Con un'occhiata Cesare osservò che anche quella volta il futuro suocero era a mal partito, aveva perso la regina e si era lasciato imbottigliare dall'avversaria: mancavano sì e no quattro mosse allo scacco matto.

“Te l'ha fatta anche questa volta, Alessandro,” gli disse.

“Ne sa una più del diavolo,” ribatté quasi irosamente il professore. Si alzò, dette un’ultima malinconica occhiata alla scacchiera. “Abbandono, abbandono,” disse, “e tu, Cesare, vieni un momento di là con me. Voialtre preparate un po’ di caffè, e i liquori.”

Mise una mano sulla spalla di Cesare ed entrò così con lui nello studio. C’era un’aria di scuola poco accogliente in quella stanza arredata freddamente. I libri erano tutti nascosti dentro capaci armadi di legno scuro, la scrivania pareva una cattedra, mancava solo la lavagna. Alessandro Montelli aprì un cassetto, ne tolse due libretti di risparmio.

“Siedi,” gli disse. Aprì i libretti. “In totale sono ventiduemila, più settemila e qualche cosa, circa trentamila.” Fece una pausa. “Io direi di fare così: questo di ventiduemila te lo do. Quest’altro lo teniamo per il primo nipotino che mi darete. Se vorrai chiamarlo Alessandro mi farai piacere.”

Cesare tornò a sentirsi la gola chiusa, non gli riusciva di guardare bene quel vecchio alto, dietro la scrivania.

“Come vuoi che lo chiami?” fece. Era il minimo che gli doveva per ringraziarlo. “Ma è un prestito, siamo intesi,” aggiunse subito.

“Questa è la dote,” mormorò il professore. Non voleva contraddirlo apertamente, voleva solo lasciar morire quella storia del prestito.

“Se è la dote, va bene,” disse Cesare. “Ma allora me la darai quando avrò sposato Benedetta, e io l’adopererò per lei, non per la libreria.” Fece una pausa. Parlava fissando in terra, le mani chiuse tra le ginocchia. “Poi è una dote che non potrei accettare. Questo denaro l’hai messo da parte per te, per la vecchiaia, per non dipendere da nessuno, non puoi darlo a noi che bene o male ci arrangeremo sempre."

Montelli lo fermò con un gesto della mano levata in aria. "Cosa vuoi che servano alla vecchiaia trentamila lire. Io ho i diritti d'autore per i miei libri di scuola, questi sono soldi che non mi servono. Poi, se avrò bisogno, me lo darete un piatto di minestra e una branda."

"Se tu vieni a chiederlo sì, se ci fai sapere che hai bisogno, certo. Ma tu non verresti da noi neppure a morire, ti conosco. È meglio che facciamo come dico io: un prestito puro e semplice. Penso che in tre anni ti potrò restituire tutto. E anche così fai già troppo per me."

Il professore taceva fissando i due libretti. Pensò che se avesse accettato la forma del prestito, Cesare sarebbe stato più libero di adoperare quel denaro come meglio credeva, senza la soggezione di spendere la dote della moglie. Che idiota a non pensarci prima.

"Be', allora rimaniamo d'accordo così," disse. "Tieni," gli porse il libretto, Cesare lo prese e intanto gli tenne stretta la mano. "Papà," fece.

Il professore ritirò lentamente la mano. "A quelle pettegole," fece indicando oltre la porta dello studio, "è inutile che parli di prestito o altro." Tornarono dalle pettegole, bevettero il liquore, mangiarono qualche pasta, verso mezzanotte Cesare tornava a casa. Quelle ventiduemila lire pesavano caldamente nella tasca interna della sua giacca, le sorvegliava di continuo col pensiero, ci sarebbe mancato l'incontro con qualche teppista proprio quella sera. Fanno così presto certi. Aveva letto una volta che ti vengono all'improvviso incontro con un sasso in mano. Ti colpiscono alla fronte prima che tu abbia potuto dire *o* e poi ti spogliano. Certo erano casi rari, poi era difficile, per lui: non aveva l'aria di uno che ha tanti soldi in tasca. Sul Naviglio gli passò accanto una di quelle che gli chiese una sigaretta, ma lui si allontanò frettolosamente. La udì ridere alle sue spalle con una compagna. Finalmente arrivò alla pensione. Il vecchio portiere gli aprì svogliato, era sempre lui il nottambulo, ma la malavoglia gli passò quando si vide mettere in mano un bel dieci lire. Di solito gli dava mezza lira.

"Stefano, portami qualche cosa da bere in camera," gli disse. "Un amaro qualunque."

La sensazione precisa di essere proprietario di una libreria la ebbe soltanto quando si trovò nella sua stanza, seduto alla piccola tavola che fungeva da scrittorio, con davanti il bicchiere dell'amaro e una sigaretta accesa tra le dita.

La libreria. Pensò agli anni di miseria che aveva passati da giovane. Rivide l'albergo popolare a Porta Genova in cui aveva abitato molto tempo, si dormiva in tante piccole cellette con un finestrino in alto come quello che c'è nei gabinetti. La notte, quando si chiudeva in quella cella, al buio, perché non davano la luce, stava parecchio a guardare le stelle dal finestrino, a pensare. Le pareti della stanzetta non arrivavano fino al soffitto, ma finivano una ventina di centimetri prima, il russare, i lamenti, i mugolii di altre cento persone sconosciute che dormivano lì dentro giungevano chiari alle sue orecchie e lo immalinconivano, gli davano il senso immanente della propria disperata povertà. Ma era stato lì che aveva pensato per la prima volta che sarebbe stato bello poter avere una libreria. Adesso l'aveva.

Dall'albergo popolare a quella pensione, l'idea l'aveva sempre seguito, ora apertamente, ora sotterraneamente covando in lui. In certi giorni gli era sembrata un'assurda speranza, altre volte aveva creduto che fosse facile realizzarla: bastava risparmiare i soldi sulle sigarette, sulle bibite, sui tram, aveva inteso dire che la lira era il principio del milione; ci si era anche messo di buona volontà, per qualche mese, ma poi aveva visto che, anche avesse risparmiato tutta la vita, il milione non l'avrebbe economizzato, neppure la decima parte, troppo magro era lo stipendio. Ma qualche cosa aveva finito per risparmiare, specialmente dopo l'ultimo impiego, dove lo pagavano bene. Allora l'idea della libreria era divenuta meno assurda, sarebbe bastato trovare un negozietto che costasse poco, già attrezzato, avviato, e un prestito iniziale. Ne parlava con tutte le ragazze che portava al cinema, quelle si annoiavano o lo guardavano sorridendo, senza comprendere perché gliene importasse tanto di avere una libreria. Anche a quella tale, ne aveva parlato, come diavolo si chiamava, quella bionda con gli occhi molto grandi. Si chiamava Giovanna, ed era stata una delle sue cotte più forti. Ricordava l'epoca in cui l'aveva amata, come si ricorda un cattivo romanzo che pure ci è piaciuto molto.

Peccato fosse una strana ragazza, le piaceva spendere, avere soldi, girare per i locali eleganti; gli faceva fare le tre del mattino al Donini insieme con certi amici un po' strani anche loro, bevevano sempre, facevano discussioni inutili e non credevano una parola di quello che dicevano. Giovanna gli disse che le librerie non le piacevano, già i suoi amici le riempivano troppo la testa di libri e lei doveva far miracoli di equilibrio per non sembrare ignorante o stupida. Meglio le automobili, che i libri, scappava sempre col primo giovanotto che aveva un'Aprilia, una mille e cinque, e anche semplicemente una Balilla, pur di andare in macchina; spesso se ne pentiva, di questi viaggi, ma appena c'era un'altra macchina in vista non sapeva resistere. Per ciò l'aveva lasciata, ma soprattutto per il suo sorridente disprezzo per i libri. Per lei non esistevano. Quella sera che gliene aveva parlato, in una sala da ballo, dove l'aveva trascinato per forza (e gliene aveva parlato perché la musica gli rievocava tante cose e lo faceva divenire sentimentale), era stato un disastro. I grandi dolci occhi, gli si erano rivelati per due bulbi umidi che si muovevano grazie a certe terminazioni nervine nella loro cavità orbitale, proprio lo stesso degli occhi dei polli, senza che dietro di essi vi fosse un'anima, senza che essi avessero la benché minima intenzione di esprimere qualche cosa. L'obiettivo di una macchina fotografica era certamente più sensibile. E allora, addio mia cara Giovanna, tu resta con le tue automobili, con i tuoi amici che bevono e tornano a casa alle cinque del mattino, e io coi miei libri.

Aveva parlato a tutti della libreria, amiche e amici, colleghi, conoscenti. La maggior parte gli davano consigli importantissimi, come avessero sempre vissuto fra librerie; consigli che presto gli apparivano per quello che erano: presuntuose assurdità. La gente in fatto di consigli non bada a spese. Ma nessuno aveva alzato un dito per aiutarlo veramente (S'intende: perché diavolo bisogna aiutare i giovanotti che vogliono avere una libreria? È già così difficile aiutare se stessi).

Benedetta.

Non gli aveva dato consigli, non lo aveva neppure sostenuto col solito entusiasmo superficiale delle donne per tutte le idee dell'uomo amato. S'era limitata a dire al padre che lui non aveva ottenuto il prestito dallo zio e che allora potevano darglieli loro, i soldi. Tutto qui. E con quante donne si era sempre perduto prima di conoscerla, fino a scrivere sonetti per una gallina come Giovanna. Ne aveva quasi rabbia. Poteva scriverli per lei i sonetti, per Benedetta. Cominciò a spogliarsi e un verso gli si formò improvvisamente nella mente: "Andiamo, tu con me, dammi la mano..." Era bello. Lui e Benedetta, andavano, tenendosi la mano. Si tolse la cravatta, le scarpe, osservò, slacciandola, la cintura dei calzoni; era vecchia, almeno quella poteva comprarla. "Andiamo, tu con me, dammi la mano... Non temere, siam soli," no, quel "siam" era antiquato, faceva ridere perché si pensava al Siam. "Non temere se siamo troppo soli"; ecco, così andava meglio, però era falso, non erano soli affatto, non erano due amanti disperati fuori del mondo, c'era il professore, per esempio, anche se non era possibile parlare del professore in un sonetto.

Sotto le coperte un dubbio lo spaventò: don Marsi poteva aver già venduto il negozio. Aveva parlato di un tale che voleva comprarlo. Si sentì male, guardò l'orologio, erano soltanto le una, prima che avesse potuto andare da don Marsi dovevano passare ancora otto ore per lo meno. Se il vecchio aveva venduto il negozio era finita. Non c'era in tutta Milano un'altra occasione come quella, lo sapeva per esperienza, si era informato, nessuno voleva vendere librerie. Se quel benedetto napoletano avesse avuto il telefono. Ma sì! Non si poteva neppure telefonargli per chiedere di non vendere, perché alle nove sarebbe stato lì lui coi soldi. Questo pensiero gli amareggiò il riposo, gli tolse il sonno. Alle sette era già fuori della pensione, in un caffè deserto in cui ristagnava ancora l'odore di fumo vecchio, di tazzine sporche, di vapori caldi, ad aspettare le nove. Lesse il "Corriere", cercò di finire il sonetto che aveva cominciato la sera prima, ma non capiva niente di quello che faceva. Alle otto e mezza era in via Gozzadini, ma la libreria era chiusa. Marsi l'apriva sì e no alle nove. Girellò per le vicinanze e quando vide apparire il vecchio, quasi un'ora dopo, alla volta della via, gli corse incontro.

"L'avete venduta?" lo abbordò.

"Un accidente a quel mascalzone, voleva pagarmi in cambiali," rispose pronto don Marsi, anche se sorpreso.

Cesare respirò. "La compro io, subito. Vado alla Cassa di Risparmio e torno."

Don Marsi si moveva lento col corpo, anche se lo spirito era veloce.

"Bene, c'è tempo," disse calmo, le sue mani grassocce uscirono dalle tasche del soprabito per collaborare a esprimere ciò che stava per dire con caldi gesti recitativi. "Ci vorrà qualche biglietto da mille in più perché proprio in questi giorni ho comprato una partita di libri." I suoi occhietti chiari nel volto rotondo dalla pelle tesa, bianchissima, avevano un'espressione commovente di ingenuità.

Cesare sentì di essere stato preso in trappola. Con quella fretta aveva fatto capire al vecchio brigante che teneva troppo all'affare e quello rialzava i prezzi.

"V'approfittate di me perché avete capito che mi piace il negozio. Non è onesto..." disse sfiduciato. Cominciavano le difficoltà. Non aveva nessuna intenzione di farsi rubare due o tre mila lire, se non di più.

"Mi cascassero gli occhi," scoppiò don Marsi. "Ho comprato mezza biblioteca di un industriale fallito... Voi ce l'avete sempre con l'onestà, non ho mica la faccia di un camorrista."

Fu una discussione antipatica. Il vecchio non mollò la preda e venne al dunque: voleva cinque mila lire di più. Cesare non poté resistere, riuscì a ridurle a quattromila e cinque, un'ironia. La discussione riprese nel pomeriggio all'atto di dargli i soldi, alla presenza di Benedetta e del professore. Con drammatica eloquenza don Marsi sostenne gli attacchi del professore, anche lui poco pratico di affari, senza cedere di una lira. Ma esitò un momento quando Benedetta, senza neppure rivolgersi a lui apertamente, disse a Cesare: "Peccato, Cesare, ma credo che non ti convenga più. Possiamo andare da Castelli. Mi ha detto ieri che aveva un'altra occasione..."

Don Marsi capì che era tutta una recita per renderlo più docile, ma nello stesso tempo ebbe paura. Sapeva che i giovanotti come Cesare sono una pasta nelle mani di una donna, e se quella ragazza ci si metteva era capace di convincerlo a non comprare più. Per prudenza fece marcia indietro. Declamò con foga: "Sul lastrico mi volete vedere. Sono sette anni che lavoro qui dentro e adesso mi mandate via con un calcio e ventimila lire. Io non sono un affarista, se no sarei arricchito con questo negozio, ma voi mi pigliate per un grassatore che vi voglia sfruttare. Date qua quello che volete, ma tremila lire dei libri che ho comprati me li dovete dare."

Gliene dettero mille e cinque, oltre il prezzo pattuito. Una buona caparra e il resto appena fosse avvenuto il trasferimento. Poi cominciò tutto il lavoro febbrile delle pratiche burocratiche. Per prima cosa bisognava licenziarsi dall'impiego. Almeno un po' di preavviso doveva darlo.

In ufficio la sera, resa pubblica che fu la notizia, i colleghi vennero a salutarlo. Ferrari fingeva di essere dispiaciuto. Sedette sulla scrivania di Cesare, gli batté una mano sulla spalla: "Be', dopo tanti anni, eravamo diventati amici. Noi poveri vecchi rimaniamo sempre qui, tu invece ti dai al commercio."

"Ma piantala," e Cesare sorrise. "Ti lascio la via libera, avrai da fare un po' di più, ma ci saranno anche gli onori."

Ferrari socchiuse gli occhi buttando fuori il fumo della sigaretta, il suo volto magro, violaceo, si raggrinzò un poco in un acrimonioso sorriso: "Del resto anche se restavi avrei fatto lo stesso la mia strada, se è così che la pensi."

"Ognuno la pensa come gli pare," disse Cesare seccato. "Non c'è nessun motivo per litigare anche in questi giorni," si mise a controllare i suoi fogli statistici e non alzò più il capo. La risposta di Ferrari gli cadde dall'alto: "Sei molto più gentile con Marta che con me. Con lei non hai litigato mai."

Vipera velenosa. Aveva scelto male il momento di ricordargli Marta, la sua segretaria. Fino ad allora non aveva mai ribattuto categoricamente le sue insinuazioni per non provocare liti che potevano costargli il posto, ma adesso che del posto non aveva più bisogno, poteva spiegargli bene come stavano le cose.

"Senti Ferrari," gli disse con blanda minaccia. "Mi hai rotto l'anima anche troppo con questa storia. Ti conviene smetterla e girare al largo con le tue calunnie. Lo sai benissimo che fra me e Marta non c'è niente."

Ferrari, sorridendo, discese dalla scrivania sulla quale s'era appollaiato, meditò provocante per qualche secondo poi si allontanò verso la porta.

"Nervosismi, nervosismi..." lanciò sarcastico uscendo.

Non gli badò più. Quel mondo di contabilità, di statistica,

di pratiche, di carte d'ogni genere, era già infinitamente lontano da lui. Voleva sbrigarsi a finire il suo lavoro, a mettere a posto tutte le sue cartelle, perciò rimaneva fino a tardi in ufficio. Quella sera, dopo Ferrari, quando tutti gli altri se ne erano andati ed era rimasto solo il direttore, venne Marta. Finché la vedeva alla presenza degli altri colleghi, niente di male, ma il trovarsela davanti, nell'ufficio deserto, era più pericoloso.

"Ancora qui?" domandò essa entrando. Era già pronta per uscire, elegante, anche troppo per il suo modesto stipendio. Il trucco le dava un che di equivoco che a volte Cesare trovava spiacevole, a volte no.

"Ho molto da fare," rispose Cesare, inquieto.

"Ah," Marta si avvicinò alla scrivania, vi posò la borsetta, domandò: "Quando te ne vai?"

"Mah, credo domani sera, se riesco a preparare tutto. Anzi domani dovresti stare il pomeriggio con me, così ti faccio tutte le consegne."

"Certo."

Cesare sentì avvicinarsi sempre di più il pericolo. Da due anni vi era una sorda lotta tra di loro, da quando era riuscito a trovarle un posto nella sua ditta. Era la sorella di un suo amico, a suo tempo l'aveva anche corteggiata, poi la cosa era morta così, fino al giorno in cui egli l'aveva fatta entrare nella ditta. Allora Marta, che era stata piuttosto fredda prima, s'era messa a fare la corte a lui; ma in ufficio Cesare non voleva pasticci e poi non gli piaceva, anzi gli dava molto fastidio quel tu che era costretto a darle, dato che lo usava da prima. I colleghi avevano fatto le loro supposizioni su quel tu.

"Spero che verrai a trovarci a casa, adesso che non ci vediamo più in ufficio," gli disse Marta guardandolo lavorare. "Anche mio fratello vorrebbe vederti."

"È naturale, verrò," mormorò Cesare continuando a scrivere. "Anzi, saluta tanto Giovanni. Adesso ho molto da fare con la libreria, ma appena avrò sistemato le cose digli che lo voglio vedere."

Marta aprì la borsetta, prese una sigaretta, l'accese. Egli la guardò con un muso d'impaccio: "Lo sai che il direttore non vuole che le impiegate fumino," le disse il più dolcemente che poté.

"Lo so, lo so. Ma io non sono più un'impiegata. Me ne vado via.

Cesare smise di lavorare, riordinò alcune carte, disse dopo un poco: "Come, te ne vai?"

Marta stava sempre immobile davanti a lui, calma, sorridente. "Sono venuta a lavorare qui per stare vicino a te. Adesso tu vai via e me ne vado anch'io. Non ho voglia di rimanere qui a far la negra di Ferrari."

Si prova un certo senso di gelo a sentirsi dire queste cose da una donna. Gelo perché non si può rispondere nulla di sincero, perché al massimo si pensa: "È un mezzo scandalo: se ne va proprio quando me ne vado via io. Figuriamoci Ferrari e gli altri che pettegolezzi faranno." Poi – ancora peggio – essa non aveva parlato come un'ochetta stupida, con toni sentimentali, ma anzi, perfino con troppa naturalezza. Per due anni Cesare era riuscito a tener lontano quel chiarimento, quella spiegazione, aveva finto di non capire, di non vedere, ora non poteva più.

"Marta," le disse, e fu la cosa più sincera anche se meno opportuna che trovò da dirle, "tu lo sai che mi sposo fra poco."

"Certo, me l'hai detto. Ma io..."

Entrò il direttore, vestito di nero, il cappello in testa, più rosea mummia che mai, dette un'occhiata senza espressione a Marta che fumava, a Cesare, disse: "Se ne è andato anche il fattorino. Spegnete voi le luci e chiudete l'ufficio."

"Sì, signor direttore," rispose Cesare alzandosi.

"Buona sera."

La rosea mummia chiuse la porta. Tranquilla, Marta riprese a parlare: "Io volevo soltanto dirti quello che pensavo. Tu lo sapevi già, lo capisco, ma prima di lasciarci, bisogna spiegarci bene. Non è vero?"

Egli non la guardava. Vedeva le sue mani guantate, ora appoggiate alla scrivania, ora strette intorno alla borsetta e pensava come sono facili gli equivoci nella vita. Quando egli le aveva fatto la corte, Marta era rimasta lontana; ora che egli non sentiva assolutamente più nulla per lei, neppure quel minimo di affetto che potesse suggerirgli una frase buona, di conforto, era innamorata di lui. Piaceva alle donne, lo sapeva, ma non subito. Al principio potevano trovarlo anche antipatico e insignificante e troppo sentimentale, perché quando le portava al cinema non faceva come gli altri giovanotti, che col prezzo del biglietto credono di aver pagato anche certe cose che non hanno nulla a che vedere col film. E non gli piacevano molto neppure le passeggiate fuori città e anche se ve lo trascinavano, quando rimanevano sole con lui, egli si metteva a parlare di libri o non parlava affatto o si limitava a carezzarle sui capelli. Poi, all'improvviso, proprio queste cose, queste carezze sui capelli, queste inutili entrate al cinema, quel suo parlare di libri, cominciavano a piacere. Ma allora poteva essere troppo tardi, Cesare aveva già preso il volo verso altri lidi.

"Ah, sì, è vero," le rispose impacciato. "Vedi, io..."

Marta gettò il mozzicone nel portacenere, prese la borsetta. Era sempre padrona di sé, sorridente. “Ma scusami, Cesare,” gli disse. “Ho sperato ancora stupidamente, anche se sapevo che ti mettevo soltanto in imbarazzo… Arrivederci.”

Egli le prese la mano, sfuggendo gliela strinse, tentò di sorridere ma capì che doveva avere una faccia melensa.

“Arrivederci…”

Si alzò, la guardò uscire, la porta si richiuse, fu di nuovo solo. Si sentiva rosso e sudato. “Le donne,” pensò. “Le donne…” Ma era finita, bene o male che fosse finita. L'ufficio, Ferrari, la rosea mummia, Marta e gli altri pasticci rimanevano sul molo. Cesare Vairaghi, a vele spiegate, si dirigeva in alto mare, verso il mondo dei libri.

Capitolo III

Don Marsi era forse un brav'uomo ma non poteva arrivare a tutto. Per innumerevoli anni la pulizia del negozio era stata affidata a un ragazzo che lavorava due ore al mattino. Quando il ragazzo ebbe compreso che l'unica cosa che interessava al vecchio era il vetro della vetrina, che fosse terso splendente, e al resto non badava, la polvere e le muffe non trovarono più alcun ostacolo alla loro avanzata distruttrice contro i libri. Per due giorni e una notte, Cesare, Benedetta, Cristina e perfino Montelli e perfino la donna di servizio di Montelli lavorarono a far pulizia. Sotto e dietro i libri disposti sugli scaffali crescevano strane muffe che sembravano polvere rappresa e non erano. Nembi di polvere infierirono per due giorni e una notte nel locale. La donna di servizio che aveva cominciato il suo lavoro con un semplice straccio, proseguendo poi con un piumino, si dichiarò vinta se non si comprava un piccolo aspirapolvere. Glielo comprarono. Il piccolo budello aspirante passato sopra la fila di libri si gonfiava paurosamente dopo cinque minuti di lavoro. Smettevano la sera per andare a mangiare, ritornavano al mattino, salvo quella notte in cui fecero le quattro e mezza spolverando e poi dormirono due ore, Cristina e Benedetta sulla tavola, Cesare nella vecchia poltrona. Aveva guardato le due donne prima di addormentarsi, con quali sentimenti ancora non lo sapeva, se di pena per la loro stanchezza, o di vanità per saperle così pronte ai suoi ordini, così sottomesse. Erano stese sulla tavola, alcuni libri avvolti nel soprabito di lui fungevano da cuscino, il fascio della carta da imballo svolto e disteso sul piano era il materasso. Per un po' parlarono, risero con lui, poi Cristina mormorò qualche cosa, la frase rimase a metà, Benedetta disse: "Dorme." Le fece una carezza sul capo, disse ancora a Cesare: "Non dovrebbe strapazzarsi così con la colite."

"È vero," disse Cesare. Ma il lavoro che restava ancora da fare era immenso. La mattina dopo si scoprì il mistero dello "scaffale temporaneo". Lo scaffale temporaneo significava questo: alla fine della sera don Marsi metteva in un solo scaffale, alla rinfusa, tutti i libri che aveva rimossi dalla collocazione dello schedario durante il giorno, ripromettendosi l'indomani di rimetterli a posto. Promessa che da molti mesi non veniva mantenuta, dimodoché metà della libreria era fuori posto, accatastata in questo scaffale temporaneo-permanente, e per trovare un libro bisognava cercare delle ore, leggendo i titoli sul dorso di centinaia di volumi.

"Arruffone del diavolo," lanciò Cesare al suo indirizzo, per quanto don Marsi fosse già partito per Napoli. Si misero all'immane impresa. Mille e più volumi vennero rimessi a posto, nella giusta collocazione. Poi, il giovanotto che faceva pulizia due ore al mattino venne strigliato da Cesare.

"Questo è un aspirapolvere e si adopera così. Su questo tavolo metteremo la sera i libri fuori posto e tu al mattino li sistemerai senza lasciare arretrati. La paga è la stessa, solo bisogna lavorare di più. Se non ti conviene non far complimenti. Scrivi una cartolina di ringraziamento a don Marsi, ma qui l'ambiente è cambiato."

Il fattorino disse che gli conveniva. E finalmente si poté aprire il negozio.

Il primo cliente fu una cliente. Udirono il tlin del campanello, la porta si aprì, una ragazza non molto elegante entrò con diversi libri sottobraccio.

Cesare e Benedetta erano dietro il tavolo e la guardarono. Cesare si alzò. La ragazza posò i libri sulla tavola, slegò la cinghia, glieli mostrò senza dir parola. Si trattava di romanzi appena usciti, facenti parte di una nota collezione letteraria. Li voleva vendere. Li aveva comprati, li aveva letti, ora non le occorrevano più, biblioteca non ne aveva, bibliofila non era, si poteva immaginarla accucciata sul letto tutto il giorno a leggere quei libri, quando aveva fame andava in cucina, mangiava un pezzo di pane, beveva un bicchiere di latte portandosi il libro appresso. Poi tornava a sdraiarsi, quando aveva letto tutti quei libri che aveva comprati in un momento di abbondanza li rivendeva per comprare le sigarette, il rossetto. Questo si poteva immaginare. E altro ancora. V'era un giovanotto fuori della porta che passeggiava sospettoso adocchiando spesso nell'interno. Cesare non lo vide. Cesare si stava domandando se Marsi comprava libri o li vendeva, e comprandoli quanto avrebbe offerto di quella roba. Ma Benedetta sì, lo vide, quel giovanetto dai capelli folti, l'abito spiegazzato, l'aria perplessa, quasi impaurita di chi sa quanto poco denaro abbia in tasca.

"Quanto volete?" chiese Cesare.

Lo sguardo della ragazza rispose, non la sua voce: "Fate voi, tanto io prendo tutto quello che mi date." Aveva un viso giovane, ma non pulito e ciò l'invecchiava. Pareva che la crema, la cipria, il rossetto fossero stati raschiati da vecchie scatole secche e poi applicati di malavoglia.

"Venti lire," propose Cesare. Pensava che don Marsi avrebbe offerto dieci.

"Va bene," fece subito la ragazza. Sì, don Marsi avrebbe offerto certamente dieci.

Cesare pagò, la ragazza uscì, Benedetta vide che raggiungeva il giovanotto e parlottava con lui, poi scomparvero dalla sua visuale.

"Forse bisognava darle di meno."

"Lo so," rispose Cesare.

"Diventeremo più pratici in seguito," disse Benedetta. La sua mano frugò nella tasca della giacca di lui alla ricerca delle sigarette ed egli la carezzò.

In seguito cominciarono a vendere. Il prezzo dei libri era scritto a matita sul retro della copertina. Appena i clienti lo udivano scotevano il capo e si dirigevano verso la porta. Cesare allora li raggiungeva diminuendo il prezzo. Un cliente furbo scotendo il capo e avvicinandosi sempre di più alla porta sarebbe riuscito ad avere il libro in regalo a furia di sconti successivi. Benedetta disse che forse sarebbe stato meglio non fare nessuno sconto e non correre dietro a nessuno. Cesare si arrabbiò.

"Adesso mi credi uno stupido, la gente bisogna saperla trattare, bisogna farsi una clientela, anche con qualche sacrificio."

Ma il sistema di Benedetta si rivelò migliore. Appena il

cliente scoteva la testa e mostrava di volersene andare, Cesare andava a riporre il libro.

"Non avete qualche altra cosa?" domandava allora quello per riallacciare le trattative.

"Guardate un po' voi," rispondeva Cesare senza dargli retta. Il cliente allora girava per il negozio, davanti agli scaffali, o prendeva il catalogo che Cesare gli aveva offerto. Spesso dopo un po' diceva: "Fatemi magari rivedere quel libro di prima."

Tornava a sfogliarlo, lo osservava con aria di intenditore, come si fosse trattato di un cavallo. "È un po' caro."

"È a buon mercato," rispondeva Cesare. "Nelle altre librerie costa di più, provate."

Finiva per comprarlo se il libro gli interessava, o ne comprava un altro, soltanto non bisognava mai insistere. Alla minima insistenza i clienti temevano la frode, l'inganno, si sentivano forti della loro qualità di compratori. Bisognava trattarli invece quasi come impiegati, metterli in soggezione. Cesare lo imparò presto. Benedetta lo seguiva, osservava come si comportava poi faceva placide osservazioni. Cesare spesso s'impennava, dopo capiva che essa aveva ragione. Alla fine della giornata facevano i conti. Gli incassi erano quasi uguali a quelli che faceva don Marsi. Il vecchio era stato onesto, in fondo, la libreria aveva già una sua clientela, andava da sola, piano, ma andava da sola. V'erano giorni tristi in cui vendevano solo un libro, altri in cui il locale in certi momenti sembrava troppo piccolo per quei tre o quattro clienti che bisognava servire, allora Cesare pensava subito all'autorimessa vicina, bisognava affittarla, sfondare la parete di divisione, fare aria.

Gli ultimi biglietti da mille Cesare li spese per l'impianto nuovo della luce. Era un po' buio quel negozio in via Gozzadini, egli lo inondò di luce che rimaneva accesa tutto il giorno, ma allora apparvero le magagne che la quieta luce di prima velava. Gli scaffali screpolati, rotti, le pareti macchiate, il pavimento qua corroso, là coperto di croste di vecchia vernice. Altri soldi vennero spesi, gli operai lavorarono di notte, venne approntata finalmente la nuova insegna, sulla lastra di ferro verniciata di bianco venne scritto, in piccolo:

Cesare Vairaghi

e più in grande, con caratteri neri semplicissimi che tenevano tutta l'insegna:

LIBRERIA

Montelli la venne a vedere e disse che si trattava di un neoclassicismo che faceva ridere. A mezzogiorno chiusero e andarono tutti a bere il bianchino, anche Cristina, per festeggiare la posa dell'insegna. L'indomani lasciarono sola Cristina in negozio e andarono a prendere il consenso in parrocchia, poi un altro bianchino. Quando Cesare tornò in negozio vide Cristina alle prese con due clienti. Un cumulo di libri era sparso sulla tavola, altri Cristina ne prendeva dagli scaffali seguendo le ordinazioni di una signora che consultava il catalogo. Insieme con la signora avvolta in una pelliccia scura, v'era un giovane che assisteva fumando, guardando in aria, sfogliando senza neppure guardarli i libri, come se volesse soltanto gustare il tocco della carta. Cesare andò ad aiutare.

"Questa compra tutta la libreria," pensò. Continuava infatti a leggere i titoli sul catalogo e a dire: "Questo sì, questo sì, questo sì." Infine disse: "Ecco, basta così."

Cesare cominciò le operazioni contabili. Curvo sulla scrivania segnava il prezzo di ciascun libro, sentiva su di sé, alla nuca, lo sguardo della cliente. "Hai bisogno di un registratore di cassa, mi pare," aveva la sensazione di sentirsi dire da quello sguardo, e diveniva rosso.

"Cinquecentosessantadue," disse alla donna presentandole il foglietto col conto. La cliente prese il biglietto.

"Il signor Marsi non c'è più?" domandò intanto.

"Ho rilevato io la sua libreria," rispose Cesare. Continuava a vergognarsi, gli pareva di dire una cosa ridicola, dicendo di aver rilevato la libreria, come se quella donna pensasse: "Chi lo avrebbe mai detto che tu avresti rilevato una libreria."

"Ah," disse semplicemente essa, e passò il foglio all'uomo che depose sul tavolo un biglietto da cinquecento e uno da cento. Cristina dette il resto giusto, trentotto lire, Cesare prese dal cassetto altre dodici lire e ve le aggiunse.

"Sono una vecchia cliente di questo negozio," disse la donna, che aveva due occhi verdi quasi senza bianco, grandi come non aveva mai visto e non li fissava mai in faccia ma sembrava sempre distratta da qualche cosa. "Il signor Marsi mi cercava sempre tutte le rarità, libri di ogni specie, purché rari o quasi. Ora ho quasi finito la vostra riserva, dovreste cercarmene degli altri."

"Certamente, sign…" non precisò se signora o signorina, aveva i guanti, non poteva sapere se portasse la fede.

"Mandateli a casa," disse ancora la donna. "Sapete il mio indirizzo?"

"Non credo, forse don Marsi lo avrà lasciato, ma c'era molta confusione."

"Candida Scirò, via Montenapoleone 27."

Cristina scrisse.

I due uscirono. La donna guardò i nuovi lampadari, gli scaffali verniciati con attento interesse. Si udì il din della porta. Erano andati via.

"Quando comprano tanti libri bisogna fare un po' di sconto," disse Cesare a Cristina, irritato. "Su cinquecento lire e più ti tenevi anche gli spiccioli."

"Scusami," disse Cristina. Era spettinata, aveva le mani sporche. Sedette stancamente poi senza accorgersene si portò una mano al ventre e fece una smorfia. Cesare non la vedeva.

"Adesso bisogna cancellare dal catalogo tutti questi libri venduti. Andiamo."

Cristina prese il catalogo e la matita, Cesare le leggeva i titoli.

"No, Vogel è scritto col v anche se si legge foghel, non lo trovi più se cerchi nella f," le diceva.

"Sarà una brava ragazza," pensava, "ma qui bisogna muoversi quando vengono certi clienti." Poi filò dal tabaccaio in corso Roma a telefonare a Benedetta che una cliente aveva comprato cinquecento lire di libri.

"Sei contento?" domandò Benedetta. Era indaffarata con i preparativi per le nozze, doveva far tutto lei perché Cesare non lasciava la libreria. La nuova casa era ancora tutta sottosopra, i mobili erano arrivati in parte, gli operai giravano ancora per le stanze ciondoloni piantando un chiodo ogni mezz'ora.

“Sì, ma Cristina non mi va. Non ha fatto niente, ma insomma bisogna capire clienti e clienti. Tratta quelli che vengono a vendere i libri come tratta quelli che vengono a svaligiare il negozio.” Le raccontò la storia dello sconto come fosse stato uno scandalo. Benedetta non disse nulla. Non aveva esperienza, ma forse sentiva che a volte gli uomini sono degli ingenerosi egoisti e che occorre pazientare, è inevitabile pazientare, non si può fare altro. Cristina stava in libreria sciupando i suoi giorni di convalescenza solo per fare un piacere a lui, per aiutarlo, ma egli ne parlava come di un’impiegata indolente.

“Ne discuteremo a pranzo, Cesare,” gli disse.

Nel pomeriggio Cesare stesso portò il pacco dei libri a casa della cliente. Si vergognava a girare per il centro col grosso pacco, ma la clientela bisognava saperla servire. In portineria depositò il pacco, nonostante le insistenze della portinaia che voleva farlo salire. Non aveva nessuna voglia di far sapere a quella donna che non poteva tenere neppure un fattorino. “Che libraio,” avrebbe pensato guardandolo. “Ma che libraio.”

Sorse poi il problema di rifornirsi di libri buoni, specialmente libri rari per la sign... Scirò. Studenti e povera gente venivano a vendere i soliti romanzi, ma nessuna edizione di pregio. Si tenne un consiglio, Montelli disse che conosceva un tale adatto allo scopo, un traffichino, un trovarobe eccezionale, si chiamava Luigi Gattoni, glielo presentò una sera e questo promise di mettersi al lavoro: Case editrici, librerie, privati, sarebbero stati il suo campo d’azione. Poi misero un avviso e allora fu un viavai di gente che veniva in libreria a vendere, il lavoro cominciò a ingranarsi, ma era tanto, chi lo avrebbe mai creduto, tempo di stare in poltrona a leggere non ce ne era. Spesso Cesare dimenticava che stava per sposarsi, al cinque aprile mancavano dieci giorni, ma c'era la stampa del nuovo catalogo da far fare. Don Marsi s'era fatto promettere che si sarebbe fatto stampare il catalogo da un tipografo suo amico, tanto bisognoso, che stava a Napoli, e Cesare ruggiva ogni volta che arrivavano le bozze piene di errori, male impaginate, i caratteri male scelti, scriveva lunghe lettere al tipografo accludendo disegni, esempi, spiegazioni senza fine e poi da Napoli, con comodo, arrivavano le nuove bozze, identiche alle prime, appena con gli errori materiali corretti, come se lettere, esempi e spiegazioni fossero stati scritti in sanscrito.

Cesare diveniva livido di rabbia quando riceveva la busta da Napoli. "Con diecimila tipografi che vi sono a Milano, dovevo proprio obbligarmi a stampare il catalogo da quello lì."

Non bisognava toccarlo in quei momenti. Non sentiva neppure la primavera che avanzava, cieli azzurri, erbe che spuntavano nei luoghi più imprevedibili, profumi che striavano l'atmosfera densa di città come le correnti striano l'acqua serena dei laghi, tutto ciò egli non lo vedeva e non lo sentiva. Il catalogo, i libri da comprare, i conti da fare con Gattoni che dava l'impressione di trovare molto redditizio il suo lavoro, troppo, pensava Cesare, "questo mi mangia la metà dei soldi che gli do per gli acquisti. Un bel giorno mi stufo, lo mando via a pedate."

Non vedeva neppure Benedetta, i suoi nuovi abiti, la sua ansia sotterranea e felice, non vide la nuova casa quando fu pronta, trovò solo da osservare che la tappezzeria dell'anticamera non era bella, ma disse stancamente che andava bene così, tanto lui doveva correre in libreria perché di Cristina non si fidava. Solo la sera si riprendeva un poco, ritrovava Benedetta, gli ritornava voglia di passeggiare con lei sui bastioni e allora si accorgeva che gli alberi stavano coprendosi di foglie, che il pastrano teneva caldo, che l'odore di benzina dei veicoli era sopraffatto da un altro odore sottile, inquinato da effluvi che facevano pensare agli spazi liberi della campagna. "Cascasse il mondo andiamo a fare il viaggio di nozze sul Garda," si diceva. La bocca di Benedetta era più fresca nel suo calore, più viva nel suo abbandono, ma al mattino, davanti agli occhi acquosi del fattorino che adoperava l'aspirapolvere come uno sbattipanni, davanti ai registri da tenere in ordine, ai libri da sistemare, a tutto il lavoro, la frenesia lo riprendeva. Cristina stava per essere licenziata dalla sua ditta, lo sapeva, e perciò prolungava la sua convalescenza trascorrendola in libreria. Cesare ne aveva fatto la sua vittima, ma essa acquiescente sembrava provarne piacere, si tirava su i fili di capelli biondi che le scivolavano sempre sugli occhi e ascoltava Cesare che trovava da ridire su ogni cosa.

Un mattino successe quasi una tragedia. Il giorno prima era arrivato un biglietto: "Libreria Vairaghi, via Gozzadini, Milano – Non avete per caso *La donna ai tempi di Pericle*? Se sì mandatemela. Candida Scirò." E Cristina si era dimenticata di farlo vedere subito a Cesare.

"Insomma," disse Cesare freddamente, "non è in questo modo che ci faremo una clientela, così la mandiamo via. La gente vuole essere servita subito, se non ti domandavo io se era arrivata posta ti dimenticavi di farmi vedere il biglietto. Ma andiamo."

Si mise il biglietto in tasca, andò alla pensione, entrò in camera sua e cercò il libro. Glielo aveva regalato don Marsi, ci teneva, ma se un cliente lo voleva non era il caso di discutere. Lo portò subito in via Montenapoleone. La portinaia disse: "Gente da mandar su non ne ho, e la signorina vuole subito la roba. Portatela su voi, io sono sola, mio marito lavora, questi signori credono che stiamo qui a pensare sempre a loro. Ultimo piano."

Era una vecchia casa nobile, una scalea, più che una scala, saliva con lenti gradini di pietra porosa e scura come quelli della biblioteca di Brera. Saliva, saliva. Ultimo piano, Candida Scirò. Suonò il campanello. Una domestica in grembiulino e frontino venne ad aprire. "Accidenti che ragazza," pensò guardandola, sembrava un'attrice del cinema, il volto liscio, lievissimamente truccato, due occhi che sapevano molte cose "io so che cosa pensi, io so che cosa pensano gli uomini quando mi guardano, io capisco, tu lo vedi, e non voglio neppure nascondertelo, giovanotto, non m'importa di te, non m'importa di alcun uomo, non mi vedrai sempre col grembiule ricamato questo tu lo capisci, ma lascerò per tutta la vita che mi guardino e non avranno nulla anche se crederanno di avere molto", due occhi che sapevano molte cose con lunghe ciglia ombrate e di un nero così secco che dava nel grigio oro, una bocca appena toccata dalla matita rossa, quel tanto che basta per avvilire un uomo e dargli l'idea della sua meschinità davanti alla dea bellezza.

"Attendete," disse.

L'appartamento era all'ultimo piano, poteva sembrare una soffitta, ma l'arredamento era moderno. Solo su qualche rivista di architettura aveva visto cose simili. Vetri spessi tre dita facevano da paravento, le porte larghe, quasi quadrate, rilucevano di vetro verde mare, in fondo alla grande anticamera un piccolo cavallo di gesso, senza basamento, con le quattro gambe sul pavimento di un verde più chiaro di quello delle porte, sembrava una pecorella tolta dal presepe e dava un'aria di vasto, di chiaro a tutto l'ambiente, come evocasse quei paesaggi fantastici che da ragazzi si ammirano nei giornali illustrati.

"Accomodatevi." La diva era ritornata e gli aprì la porta, poi lo precedette guidandolo in una sala.

Candida Scirò stava in piedi vicino a un tavolino, spegneva con un pestello di marmo la sigaretta.

"Grazie, siete stato molto gentile a disturbarvi voi stesso." Vestiva un semplice abito a giacca. Vedendole gli occhi egli si spiegò perché tutta la casa era inondata di verde nelle più diverse sfumature. Intonazioni. Dentro di sé ghignò, la gente ricca lo irritava sempre, le loro raffinatezze lo indisponevano. "In più di un letto non possono dormire," ripensava le antiche frasi. "In più di un piatto non possono mangiare."

"Sono venuto anche perché non sono in grado di stipendiare un fattorino," disse scontroso, più freddo che scontroso.

La signorina Scirò guardava il libro che Cesare le aveva dato. "È vostro," disse. "Avete scritto il vostro nome sul risguardo."

Glielo mostrò. "Cesare Vairaghi, Milano marzo 1937".

"Ah, sì," disse. "Non fa nulla, ne troverò un altro, al momento non mi occorre."

Era anche una risposta sgraziata, egli lo sentì, ma non ne aveva trovate altre.

"Grazie," rispose lei. Posò il libro sul tavolo. "Quanto vi debbo?"

"Non so, devo guardare i registri, non ricordo."

"Ricordatemelo la prossima volta che verrò da voi."

Lo salutò, lo accompagnò sulla soglia della sala dove si fermò per suonare il campanello.

"Facevate il libraio anche prima?" domandò. La sua voce usciva liquida dalle labbra, quasi senza tonalità, un senso di inverosimile emanava da essa pur nella semplicità di tutta la sua persona. Di inverosimile e di sicuro, come il deserto che non conosce la neve, essa non doveva conoscere il dubbio. La sua mano appoggiata allo stipite della porta, ancora vicina al campanello che aveva suonato, era magra, lunga eppure dolce nelle linee, rosea sul verde dello stipite sembrava uno di quei dipinti laccati sul fondo dei vassoi di legno giapponesi.

"No, ero impiegato."

Arrivò la cameriera, egli si disponeva ad andarsene ma essa disse: "Non berreste qualche cosa? Giovanna, prepara il bar."

Gli venne la tentazione di andarsene. Non aveva neppure atteso la sua risposta, la signorina, credeva di guidarlo facilmente con gli occhi verdi e con quella affranta freddezza che sembrava sempre sul punto di rompersi e non si rompeva mai.

"Ci siamo già salutati," le disse, ma questa volta corresse la frase con un sorriso. Anche lei sorrise, lo portò in un'altra sala, questa, meno male, era bianca, l'intonazione non c'era più. Il bar era incassato nel muro, i liquori disposti su diversi ripiani, non erano nelle bottiglie primitive, ma in certe grosse ampolle di vetro verde.

Si accomodarono su due sedie che sembravano scomode all'apparenza, metallo e paglia, linee semplicissime, ma quando Cesare sedette capì che erano state ideate da un professore di anatomia il quale aveva studiato metà della sua vita il movimento dei muscoli nell'atto di sedersi e l'altra metà il modello di sedia che rendesse facile, morbido questo movimento.

"M'interessa molto chi comincia nella vita," disse Candida.

"Sono nata ricca e non so che cosa voglia dire, anche se l'ho letto in molti romanzi. Penso che farete davvero strada."

Che cosa voleva, dove mirava? Era chiaro che non le importava molto di ciò che diceva, che non lo aveva pregato di restare per parlargli di chi comincia nella vita. Disse: "È molto diverso da come si legge nei romanzi."

"Lo so. Anche la vita dei ricchi è molto diversa. Io ho una fabbrica di tessuti in società con mio cugino, è il giovane che avete visto l'altra volta in negozio. Tutti i pomeriggi vado a Como con la macchina per sorvegliarne l'andamento, di mattina lavoro qui a Milano, non mi resta libera che la sera, per leggere un poco. Ma cominciare non ho cominciato mai. Cominciare dal poco, voglio dire, come voi."

"Di solito va a finir male," disse Cesare, posò il bicchiere. "Le difficoltà sono sempre troppe. Di denaro, materiali, di ogni genere."

"Avevo pensato anch'io di impiegare i miei denari nei libri, ma mi hanno sconsigliata."

"Se si vuol guadagnare molto, certo non è un buon affare. Per chi guarda soltanto al tasso d'interesse vi sono altri impieghi più redditizi."

"E chi vi dice che io guardi soltanto al tasso d'interesse? Mi basterebbe non perdere. Pensavo a una serie di librerie, a una specie di monopolio, insomma a un lavoro su vasta scala, ma forse non lo farò mai."

"Una delle prime vittime di questo monopolio sarei io col mio negozietto, credo."

Sorrise, Candida. "C'è sempre qualche vittima."

"Preferirei fare un'altra parte, quella di vittima non mi va."

"Si vede, non ne avete il tipo. E gli affari vi vanno bene?"

"Non male. La più cospicua cliente siete voi, ma non so se sarò sempre all'altezza delle vostre ordinazioni," disse ironico.

"Farete meglio del vecchio proprietario, questo è certo."

Aveva la sensazione che tutte quelle parole fossero semplici suoni senza senso, come se la visita avesse uno scopo segreto, sconosciuto a tutti e due e non ancora svelato. Nella stanza bianca che sembrava vuota di mobili e invece scopriva a ogni sguardo un ulteriore pezzo di mobilio, solo che era tanto bene disposto e sistemato al suo naturale posto che non ingombrava, non dava quel senso di folto che si prova in molte case appena vi è una tavola e due sedie, in quella stanza inverosimile come la sua abitatrice, quella sensazione di colloquio tra mercanti arabi che non vogliono cominciare mai a parlare per primi di affari, era ancora più viva ed evidente.

Quando uscì si accorse che aveva trascorso quasi un'ora con quella donna, senza dir nulla pur continuando a parlare, ma senza provare la sensazione di peso delle visite impacciate. Tornò in negozio e non trovò nulla da far osservare a Cristina. Lo cercò, con una specie di astio segreto, ma tutto era a posto. Solo dopo qualche minuto che era nel negozio si accorse che Cristina si torceva tenendosi il ventre con le mani e gli occhi erano umidi.

"Perché non dici niente, si può sapere?" Chiuse il negozio un po' prima di mezzogiorno, andarono alla ricerca di un tassì che trovarono solo davanti al Carcano e ormai erano vicini a casa, Cristina disse: "È inutile, siamo arrivati."

Nel pomeriggio fu solo in negozio. Benedetta aveva da fare, Montelli disse che non voleva lavorare, lui nelle librerie entrava soltanto per comprare libri, non per fare il commesso. Era un po' nervoso in quei giorni, tutti erano nervosi, matrimonio e libreria, libreria e matrimonio. Cristina rimase a letto, per quanto i dolori non passassero ugualmente, la domestica dei Montelli le faceva degli impacchi bollenti sul ventre, i panni fumavano, l'acqua aveva l'immoto lucore delle cose bollenti, gocciolava come veleno dalle pezze degli impacchi, ma Cristina diceva che non era ancora abbastanza calda. La pelle del ventre era tesa, arrossata, istintivamente essa portava le mani alle parti doloranti, ma niente le dava sollievo, lo sapeva, doveva soltanto aspettare la fine della crisi, e piangendo l'aspettò.

La sera, chiusa la libreria, Cesare fece una scappata alla sua pensione per ritirare la posta. V'era una lettera che veniva da Roma, l'indirizzo era scritto con la bella tremula grafia dello zio Remigio. "Carissimo nipote, per una cosa molto urgente e molto importante avrei bisogno di vederti prima che ti sposi. Non mancare, vieni subito e telegrafa appena ricevi questa mia. Qui stiamo tutti bene e così auguriamo a te. Un abbraccio dal tuo vecchio zio."

Cesare andò in piazza a bere un aperitivo. Aveva la lettera in tasca, passeggiava per la Galleria, pensava cosa poteva aver indotto lo zio a scrivergli quella lettera, perché aveva tanto bisogno di vederlo urgentemente. Non era facile andare a Roma, lasciare la libreria col matrimonio così vicino. Vide passare Marta davanti al Campari, la salutò in modo rapido per sfuggire a un colloquio, essa gli sorrise ma non fece il gesto di andargli incontro. "Meno male, non era il momento," pensò. Quella sera aveva invitato Benedetta e suo padre in trattoria. Li vide arrivare alle otto al Biffi. Benedetta era stanca, tutto era pronto ormai per il matrimonio, la casa, i confetti, le partecipazioni e le altre cose, non rimaneva che attendere, ma essa non si reggeva più in piedi.

"Abbiamo incontrato Marta e l'abbiamo invitata a cena," disse Montelli pacatamente. "È andata alla Stipel per telefonare a casa."

"Bene," disse Cesare. Era destino, lui l'aveva evitata, ma gli altri no.

"Cos'è successo fra voi due?" domandò Benedetta. "Dice che non sapeva se tu avresti avuto piacere di averla a cena."

"Sciocchezze," fece Cesare. "Piuttosto, ho ricevuto questa lettera dallo zio."

Marta arrivò dalla Stipel che Benedetta e Montelli stavano leggendo la lettera.

"Mi pare di conoscervi, signorina," disse Cesare. Tanto valeva prenderla in ridere. "Ciao, bella."

"Da quando fa il capitalista con la libreria," disse il vecchio Montelli (ma quanto era alto quel diavolo d'uomo, sembravano, loro, tre birilli intorno al capoccia), "è diventato avaro. Vedrete che vi farà pagare la vostra parte."

Si misero un po' in mostra su e giù per la Galleria poi andarono da un toscano in Paolo da Cannobio dove non si mangiava male, Montelli faceva la corte a Marta, il cattivo umore doveva essergli passato o il Chianti se lo lavorava, chissà. Tenne tutti allegri durante il pasto, fece una proposta di matrimonio a Marta, ma scherzò male su questo punto perché si capì che potendo avrebbe parlato sul serio.

"Che ne dici," chiese Cesare a Benedetta, "del viaggio a Roma?"

"Dovresti andare, in tre giorni vai e vieni. Alla libreria penso io o Cristina." Non le era sfuggito che tanto lui che Marta facevano di tutto per non guardarsi, quando per caso si parlavano si sorridevano come due invitati a una visita di convenienza.

"Purtroppo mi tocca andare. Quasi quasi parto stasera a mezzanotte, domattina sono là e domani sera riparto. Così spreco un giorno solo."

Montelli disse che andava bene, lo avrebbero accompagnato tutti alla stazione e lui sarebbe rimasto solo con Marta. Così, improvvisamente, nel giro di poche ore, Cesare si ritrovò in treno, non aveva neppure la busta di cuoio, era salito sul treno come su un tram, non gli piaceva portarsi impicci appresso. E appena fu nel corridoio del vagone continuamente urtato da gente che passava e ripassava, non pensò a suo zio, né a quello che voleva, né alla libreria, ma a quella donna di Roma che voleva nascondere la testa nella sabbia come gli struzzi e di cui non sapeva il nome.

Non la ricordava, certo, solo in quel momento. Altre volte, anche nella baraonda della libreria, gli ritornava alla mente l'immagine di lei. Un momento solo, forse, ma la rivedeva, quando era rimasta in treno con lui e l'aveva accompagnato fino a Orte; e poi era discesa senza volgersi. O quando gli aveva raccontato la storia della bambina.

Fu un infernale viaggio, c'era posto ma non riuscì a stare seduto per più di un'ora di seguito. A Roma il cielo era coperto come in una scura giornata d'estate, faceva già caldo, lasciò il soprabito alla Casa del Passeggero e telefonò subito a suo zio, in ufficio.

"Vienimi a trovare qui allo stabilimento prima di passare da casa, così parliamo in pace," gli disse Remigio Bonfai.

Scontento di sé e di ogni cosa, Cesare salì su un'autopubblica. Perché lo avevano chiamato, che cosa volevano da lui, non era meglio che lo lasciassero in pace a Milano senza fargli tornare in mente quella strana storia, quella donna? Stava per sposarsi, aveva sulle spalle il peso di una libreria, di una famiglia, era passato il tempo delle stupidaggini con le donne. Sono poi tutte le stesse, desiderava soltanto lavorare, avere una casa propria, lasciare la pensione con i suoi odori di cucina striminzita, di cera, di gente che vi sosta disperata perché non ha casa propria, forse non ha un proprio destino, si porta appresso le valigie da un albergo all'altro e forse nelle valigie hanno tutto, anche i loro ricordi, le loro pene, le loro idee che al momento di partire mettono nella valigia insieme con le calze e le camicie.

Questo voleva e non le donne, Benedetta, e non le altre. Dimenticava così facilmente, lui, ma ricordava anche con più facilità e adesso a Roma non poteva far altro che pensare a quella.

Fuori della porta dello stabilimento era ad attenderlo uno dei dirigenti che suo zio gli aveva presentato prima. Riudì, passando per i vari reparti e corridoi che conducevano agli uffici, lo schianto delle presse, il ronzio delle pulegge, risentì l'acuto odore delle vasche piene di acidi. Che malinconia, stava per dire.

Il dirigente lo fece entrare nell'ufficio dello zio. "Ecco vostro nipote," disse con un accento toscano che gli ricordò ancora quella donna.

Suo zio lo abbracciò. Col volto sulla sua spalla percepì il lieve candido odore di fiorellini appassiti che hanno i vecchi puliti, anche Montelli aveva quell'odore e non sapeva spiegarsi cosa fosse, forse la carne infreddolita che ha perso ogni virulenza, ogni afrore sanguigno. Anche la nonna, la mamma dello zio, aveva quell'odore.

"Scusami Cesare se non ti ho detto perché ti volevo parlare," disse Bonfai, "ma se te lo scrivevo non saresti venuto."

Sedevano allo stesso posto e quasi nello stesso modo di quella volta che era venuto a domandargli soldi.

"Ti pare, intanto mi sono fatto una passeggiata a Roma," rispose Cesare.

"Vedi," fece lo zio, "si sbaglia a qualunque età, anche alla mia. Io sono vecchio, ma ai vecchi non credo, già mi sembra d'essere un rimbambito. Certo che m'è dispiaciuto di averti detto di no quando m'hai chiesto quei soldi."

Ah, era per i soldi. Era chiaro che l'aveva chiamato per darglieli. Il suo tono modesto, le sue scuse, lo commossero subito. Ma poi pensò: "E adesso che me ne faccio?"

"Io, un po' non li avevo quei quattrini, cioè li avevo, ma facevano comodo anche a me. Un po' volevo fare il padre Catone, darti un buon consiglio, metterti sulla buona strada. Manie di vecchi. I giovani devono farsela da sé, devono rompersi la testa da sé, i consigli dei vecchi servono poco." Aprì il cassetto, come l'altra volta, pareva che girassero ancora la stessa pellicola, ma questa volta levò davvero il libretto degli assegni, e fece: "Se te le avessi scritte queste cose non sarebbe stato lo stesso." Cominciò a riempire l'assegno.

"Aspetta zio," disse Cesare fermandogli la mano sopra il tavolo. "Io ho già rimediato per quella cosa. Non è mica per rifiutare, mi devi credere," e gli stringeva il braccio con affetto. Povero vecchio.

"'mbe'? Non ti strozzeranno mica questi soldi."

"Ma senti, zio, io già devo restituire parecchi biglietti da mille a mio suocero, come faccio poi a ridarti questi? Quelli che ho mi bastano, non è per superbia."

Remigio Bonfai seguitò a riempire l'assegno, una pausa, poi fece: "A restituire c'è sempre tempo." Firmò, asciugò, piegò il foglietto verdognolo, glielo dette.

Cesare sorrise commosso: "È un po' di tempo che tutti mi vogliono dare soldi per forza. Con mio suocero a momenti litigavo, con te lo stesso. Forse mi sta per capitare qualche cosa, va troppo bene. Anche la libreria funziona, sai, zio. Non credevo neppure io. Non c'è da arricchire, ma affari ne faccio."

"Perché sei giovane," disse lo zio. Aveva un tono stanco che Cesare non gli conosceva, anche il naso a becco non sembrava più tanto spavaldo. "Se mi fossi messo io in una libreria a quest'ora ero già fallito."

"Eppure sono proprio i vecchi che fanno le cose più solide. Da giovani si ha sempre la testa per aria con le donne, i soldi, i divertimenti."

"Dicono," disse lo zio laconicamente.

Uscirono e andarono insieme a casa. Remigio Bonfai non aveva detto nulla dell'arrivo di Cesare, perciò furono grandi sorprese, abbracci. Avevano ricevuto i confetti e facevano i misteriosi sui regali che avrebbero mandati. La cugina Luciana diveniva di una bellezza e di una floridezza sempre più imponenti, l'aveva lasciata da poco tempo e la ritrovava come fosse più alta, più bella.

Nel pomeriggio, dopo mangiato, la stanchezza della notte passata in treno lo sopraffece, volevano portarlo fuori a passeggio nonostante il tempo incerto, il cielo chiuso, ma egli dormiva in piedi. Quasi lo misero a letto come un bambino. Si svegliò all'ora di cena, vennero invitati altri lontani parenti a salutare il nipote che stava per sposarsi e fu impossibile ripartire per Milano quella sera. Venne perfino il fidanzato di Luciana, un giovane quasi biondo, simpatico, e si fece tardi, prima con i dischi poi col sette e mezzo. Solo la mattina alle otto dopo un breve sonno fu libero. Era stato tanto bene in quella casa, ma l'idea di quella donna gli faceva desiderare di essere fuori, di andarsene al più presto.

Partire di giorno non gli andava, rimase a Roma come l'altra volta. Già sapeva cosa avrebbe fatto. Andò a pranzo in quella trattoria dove l'aveva incontrata e naturalmente non la vide. Il cielo era sempre chiuso, Roma sembrava fatta di cera vecchia e dura, aveva una sua mite bellezza che in pieno sole non si vedeva, le case erano più vicine, le strade più intime. Girò per il Lungotevere, rivide la panchina sulla quale si erano seduti. Fece capolino nel caffè dello struzzo e disturbò due coppie. Guardava ogni donna per la strada, anche sapendo già che non era lei, sperando che fosse lei. Spiava se qualcuna passasse portando due grandi volpi argentate, ma già non le portavano più a Roma. Tante volte percorse corso Umberto fino a piazza del Popolo. La prima volta salì sul basamento dell'Obelisco, guardò sulla groppa del leone di destra che volgeva il muso verso piazza Venezia, ma non v'era nessun disegno, dovevano aver lavato tutto. Della bambina di quella donna non era forse rimasto più nulla, neppure i suoi infantili disegni sulla groppa di un leone di marmo. Era nata, era morta. Certo era rimasto il suo ricordo nel cuore della madre, meglio che inciso nel bronzo, si dimenticano forse i figli vivi, quelli morti no.

Girò quasi mezza Roma. Quando non ne poteva più sedeva a un tavolo di caffè qualche minuto poi riprendeva a vagabondare. All'ora dell'aperitivo fece il giro di tutti i locali del centro e di via Veneto, ma non la vide, naturalmente. Qualcuna ne incontrò che le rassomigliava, si sentiva allora come disfatto dentro, come sola parvenza d'uomo, illusione d'uomo, fantoccio, per un attimo senza cuore, senza cervello, tutto fermo in un'attesa che aspettava un segno minimo per esplodere. Sentiva che se l'avesse incontrata sarebbe corso da lei stringendole le braccia fino a farla gridare. Ma non l'incontrò.

A volte l'immagine di Benedetta appariva senza che egli ne avesse rimorso perché era l'immagine di una sorella o di qualche altro genere di donna che amiamo, ma in un altro modo, con altro cuore, non come egli si sentiva attratto verso quell'altra. Se Benedetta avesse saputo avrebbe capito, ne era certo.

Tornò a mangiare nella stessa trattoria. Aprì la porta d'ingresso con lentezza, come il giuocatore di pocher spia le carte che ha in mano chiedendo al destino un punto alto. Ma quando ebbe aperta la porta il suo sguardo corse rapidissimo a ogni tavola. Non c'era.

Sedette ugualmente e l'attese. Ogni momento fissava la porta che si apriva per lasciar passare nuovi clienti, e l'orologio. Venne l'ora in cui non si entra più in trattoria per mangiare. Pagò e uscì. Non era ancora capace di darsi per vinto, di andare alla stazione e salire sul treno e non pensare più a lei. Non lo poteva ancora, ma girava per le strade, per i locali, senza più speranza d'incontrarla, automaticamente. Nel deserto lo struzzo nasconde il capo nella sabbia, nel deserto lo sperduto continua a girare sui suoi passi senza speranza di ritrovare la strada.

Corse alla stazione solo per non perdere l'ultimo treno.

Fece a gomitate silenziosamente con gli altri passeggeri ma trovò un posto, vi si buttò sopra, da lì non si mosse finché non fu giorno. Stette senza dormire, quasi senza pensare, fumando tutte le sigarette senza bere nulla. Col giorno si profilò il cielo appena velato, quieto, che sta sopra la terra di Lombardia, velata di tenero verde e quieta.

Milano. Andò a fare un bagno, prese la Circonvallazione e arrivò a casa di Benedetta. Salì le scale, e ancora non pensava, ancora era, forse, in giro per Roma, di strada in strada, di locale in locale, vicino al leone di marmo o seduto al tavolo di quella trattoria spiando la porta e aspettando di vederla entrare, ancora con le due volpi che si baciavano sulla sua schiena. Suonò il campanello.

Cristina venne ad aprire. Venne ad aprire e rimase lì, senza lasciarlo entrare. Lo guardava. E come lo guardava con gli occhi grigi dolci, come lo guardava, immobile, senza battere le palpebre, fissa ma non attonita, quasi attendesse un miracolo, ecco, sembrava proprio che attendesse un miracolo, con tutte le sue forze lo attendesse, lo implorasse, forse voleva gridare perché il miracolo avvenisse, pregare gridando, battendosi il petto, in ginocchio, ma che il miracolo avvenisse.

"Cosa c'è?" disse egli. Si era svegliato improvvisamente dal chiuso torpore durato tutta la notte insonne.

E siccome il miracolo non era avvenuto e nessuno aveva dato aiuto e tutto era rimasto come prima, la porta, il pianerottolo, Cesare che voleva entrare, la sua mano appoggiata alla serratura, siccome nulla era avvenuto, gli occhi di Cristina si inumidirono di lacrime. Essa lo lasciò finalmente entrare dopo quel lungo attimo di sospensione, richiuse la porta.

“Sta’ calmo, Cesare, senti,” lo condusse qualche passo avanti, nel corridoio, e nel corridoio v’era un silenzio sinistro, le luci e le ombre sembravano fantasmi, troppa solitudine v’era. “È successa una disgrazia, Benedetta, il tram, è stato in largo Cairoli, l’hanno investita.”

“Spiegati,” chiese Cesare fermo.

“Ieri sera, l’abbiamo portata in clinica, questa mattina la operano,” disse Cristina, si asciugò le lacrime, si appoggiava al muro con una mano. “Non c’è più pericolo di vita, hanno detto di no, a mezzogiorno potremo andare a trovarla, o a parlare coi medici.”

“Dov’è?”

“Al Fatebenefratelli.”

“E suo padre?”

“È qui, nella sua camera, ma non sta bene, è meglio lasciarlo solo.”

Cesare posò il cappello sull’attaccapanni, andò in sala da pranzo, sedette.

“Quando si può andare?” chiese senza guardare Cristina.

“A mezzogiorno.” Glielo aveva già detto, ma egli non era più capace di ritenere molto le parole che gli dicevano. Aveva inteso dire che si trovava al Fatebenefratelli ma non ne era certo.

“Perché la operano?” domandò.

Cristina stava in piedi accanto alla tavola, la sua mano andava lenta su e giù per il tappeto, seguiva a volte senza volerlo i disegni colorati della stoffa. “Alle gambe,” disse.

“Alle gambe,” pensò egli, e dallo stomaco gli salì alla gola una nausea invincibile. Si alzò, corse via, ritornò poco dopo, il volto livido, gli occhi in fuori.

"Bevi qualche cosa, Cesare," fece Cristina. Gli versò un bicchierino di cognac, egli lo bevve.

"Le gambe," pensava. "Voglio andare a vederla," disse e si alzò.

"Non si può, Cesare, non ti lasciano entrare, la stanno operando," disse Cristina. "Sono già d'accordo con la suora, mi telefona appena si potrà andare."

Giusto, dovevano operarla, non si poteva andare. Sedette di nuovo. "Come è accaduto?" chiese.

"Attraversavano largo Cairoli, io non lo so, io ero alla libreria," fece Cristina. "Lei e suo padre. Dice che davanti all'Olimpia per evitare una bicicletta non ha visto il tram che passava."

Davanti all'Olimpia. Ricordò il teatro, ricordò la commedia che vi aveva vista anni prima, *K 41,* un sottomarino portato in scena, i marinai che stavano per morire asfissiati sul fondo del mare, ma poi si sente il toc dei palombari che arrivano a salvarli.

"E poi?"

Cristina stava sempre in piedi. "Il professore è svenuto, li hanno portati all'ospedale tutti e due con l'ambulanza, ma non erano ancora arrivati che era rinvenuto e si è fatto portare al Fatebenefratelli, ha litigato col conducente dell'ambulanza." Voleva essere sorridente quella frase e invece. Cristina si mise a piangere, sul vecchio professore che bisticciava coi militi dell'ambulanza per far portare la figlia al Fatebenefratelli e gli altri discutevano, ma avevano ceduto.

"Sta' calma, Cristina."

Guardò nel bicchierino e bevette l'ultimo sorso. Cristina disse: "Le hanno fatto la trasfusione. Io sono tornata a casa e non ho trovato nessuno, solo più tardi è venuto il professore e ho saputo."

I mobili erano allo stesso posto, non si erano incrinati, avevano lo stesso colore. Sarebbe stato strano che per quello che era successo avessero cambiato colore o si fossero incrinati, scheggiati. Forse è più giusto che tutto rimanga come è, qualunque cosa succeda, morisse un miliardo di uomini, un miliardo di uomini andasse sotto il tram. Doveva essere più giusto.

"Che ora era?"

"Verso le sei," rispose Cristina.

Verso le sei, verso la stessa ora, egli girava per Roma alla ricerca di quella donna. Ora sì ne ebbe un rimorso lancinante, ossessivo, un rimorso che pungeva dentro, un rimorso che gli tendeva ogni nervo. Egli girava cercando una donna e Benedetta andava sotto il tram, scorreva il suo sangue, era martoriata la sua carne, la gente si affollava in largo Cairoli per vedere e sapere, egli girava intanto alla ricerca di una donna. Strinse le mascelle.

"Cristina."

Era la voce di Montelli. Lo videro poco dopo comparire sulla soglia della sala da pranzo, aveva un'antiquata giacca da camera con la cintura a fiocco. Era lo stesso uomo che aveva lasciato due sere prima, il medesimo volto. Le tracce del dolore si rivelano dopo, come le tracce della luce sulla negativa, non subito.

"Papà," disse Cesare e si alzò, gli andò incontro. Montelli lo scansò con un largo gesto del braccio, disse: "Sì, sì," e tornò indietro, riudirono chiudere la porta della sua stanza, fu di nuovo silenzio.

Capitolo IV

Pesci rossi nuotavano nella vasca rotonda, nel cortile del Fatebenefratelli. Il fondo della vasca era un mosaico di pietruzze bianche e lievemente celesti. Cesare seguiva le volute dei pesci, solo nel cortile. Cristina e il professore erano negli uffici della clinica, bisognava arrivare almeno alla suora del reparto per poter sapere qualche cosa di Benedetta.

Arrivò Montelli e si fermò accanto a lui, Cristina lo seguiva a qualche passo, lenta.

"Bisogna aspettare."

Intorno si ergevano le alte mura dei padiglioni. Un sole bianco le sezionava qua e là facendo scintillare i vetri, rendendo accecanti le tendine bianche. Qualche dottore cominciava a tornare a casa, attraversava il cortile finalmente senza camice, cominciava a tirare fuori il pacchetto delle sigarette, solerte impiegato dell'azienda del dolore, dimentico, ma forse no, di quanto aveva fatto nella mattina, dei casi semplici e degli irreparabili. Arrivò svelta una suora ed essi le andarono incontro.

"È andato tutto bene, ma non si può entrare fino a domattina, non è ancora in sé." Disse altre cose lievi, il suo volto era pulito e come di persona non di carne, librato altrove, non lì dove si trovava. Convinse Montelli che insisteva, lo rassicurò. Cesare ascoltava, s'era tolto il cappello, più che le parole della suora udiva il clo clo del getto d'acqua in mezzo alla vicina vaschetta, e anche il rombo del treno che passava sui ponti di ferro, rimasto in lui dopo tanto chiuso viaggiare.

Uscirono senza averla vista. Andarono fino in centro a piedi, nella calda ora pomeridiana, un improvviso acconto sull'estate. Poi Cesare li lasciò e andò alla sua pensione. Sempre la signora Marina era alla cassa, faceva parte del mobilio, sempre Gruggi si dondolava altera camminando per il corridoio. Sempre la sua stanza sapeva di vecchio fumo, di biancheria appena lavata negli acidi.

Chiamò Gruggi: "Fammi portare qualche cosa da mangiare."

"C'è solo un po' di brodo e il pollo."

"Va bene, porta quello che hai."

Si cambiò d'abito e guardò nel portafoglio. L'assegno di suo zio. Allora ricordò quello che aveva detto: "È un po' di tempo che mi va troppo bene, tutti mi vogliono dare soldi. Forse mi capiterà qualche cosa." Ecco, era capitata. Quando arrivò Gruggi con il pranzo, la fame gli si era completamente spenta, stette a guardare come un pezzo anatomico, non come cibo, l'ala di pollo misera e a fianco il velluto scuro degli spinaci. Strano che si dovessero introdurre quelle materie tepide in un foro che si ha a mezzo viso e tritarle coi denti. Si buttò sul letto e si addormentò senza accorgersene. E non sognò di Benedetta, benché sognasse, perché forse nulla di quello che veramente ci tocca si sogna, ma sognò invece Marta e il senso di penoso fastidio che aveva provato due sere prima, quando stava per partire per Roma e Montelli l'aveva invitata a cena con loro. E a tavola c'era anche Benedetta, ma egli in sogno non la vide, vedeva invece Marta che si portava il cucchiaio alla bocca e lo fissava e allora egli volgeva lo sguardo per non essere fissato, ma dovunque girasse gli occhi sempre i due occhi di Marta lo seguivano e anche quando si coprì con le mani vide i suoi occhi muti eppure tenaci. Allora si alzava da tavola e andava via con una scusa qualunque, ma in strada ogni donna che incontrava era Marta e Marta lo fissava senza dire nulla. Poi sentì il telefono suonare, allungò il braccio quasi ancora dormendo e prese il ricevitore. Era Cristina.

"Non vieni in libreria? C'è Gattoni che deve parlarti."

Chi era Gattoni? Emerse dalla memoria la figura di un uomo con i baffi che parlava di libri e diceva di dar retta a lui, di fare come diceva lui, che lui conosceva bene le cose.

"Sì, fra poco."

C'era anche una libreria nella sua vita, la vita non è fatta soltanto di investimenti tranviari. Si alzò, mangiò un pezzo di ala, assaggiò gli spinaci e gli venne ancora più fame. Poco dopo arrivava davanti al suo negozio. "CESARE VAIRAGHI - LIBRERIA", una vetrina con gli ultimi arrivi ben esposti, una porta che faceva tlin aprendosi, Cristina dietro la scrivania, con un signore, il signor Gattoni, l'agente.

"Una cosa terribile," disse Gattoni. "Sono ancora qui che non so quanti ne ho in tasca. Quella povera figliola."

Cesare posò il cappello sulla scrivania. "Cosa c'è?"

I baffi all'antica di Gattoni si mossero; sotto le sopracciglia, gli occhi piccoli quasi non si vedevano se non per un loro balenante biancore. “Ho acquistato dei blocchi di rimanenze da,” e disse il nome di una Casa editrice. “Ma bisogna pagare subito e io avevo finito i soldi. C’è un mio amico in quella Casa e mi ha lasciato tempo fino a domani.” Cominciò a parlare del suo amico impiegato nella Casa editrice che lo favoriva con prezzi speciali.

Cesare ascoltava, in piedi, le mani lungo i fianchi, quasi sull’attenti, un chiuso minaccioso attenti. Quando l’altro ebbe finito domandò: “Di che cosa si tratta?”

“Libri ricercatissimi. Filosofia e altro, saranno duecento titoli diversi con l’obbligo di comprare quattro coppie di ogni titolo.”

“Vorrei avere l’elenco dei titoli, non posso comprare così a occhi chiusi,” disse Cesare senza muoversi, quasi senza guardarlo o guardandolo appena. L’altro mise una mano nella tasca dei calzoni, prese un’aria di uomo paziente, pratico della vita, pieno di diplomazia. “Non hanno mica tempo di darci l’elenco, non fanno in tempo a vendere, ve lo dico io. Ma potete fidarvi di me. Il prezzo è buono.”

“Non m’importa del prezzo se non so cosa compro. E poi non è una questione di fiducia, è una questione di ordine. Non ho ancora visto una fattura in regola con tutti gli acquisti che avete fatti. Quei pezzi di carta che mi date non valgono niente, mi occorrono fatture con i bolli, devo tenere i libri, io. E poi non posso più comprare sulla parola. L’ultimo acquisto non valeva la metà di quello che ho pagato. Non me ne intenderò molto, ma non valeva la metà. Voglio prima vedere i titoli e scegliere io, non riempire gli scaffali di roba che non venderò mai.” Si era seduto mentre parlava, adesso cercava nella cartella qualche cosa e levò fuori un biglietto, glielo mostrò: "Questa non è una fattura, è un biglietto, che può aver scritto chiunque, che ne so io."

Gattoni s'era tolto la mano di tasca. "Insci se trasa via i danée in bullitt," disse. Si sciupano i soldi in bolli, disse calmo. "E se è così che la pigliate, podi fan a men de rumpum i gamb per quatter ghei de pruvigiun." Posso farne a meno di rompermi le gambe per quattro soldi di provvigione, disse.

"Regolatevi come vi pare," mormorò Cesare. "Per conto mio prima di comprare voglio sapere che cosa compro, i libri li devo scegliere io e non voi. Poi voglio le fatture in regola."

"Sì, sì," disse Gattoni. Sorrise a Cristina: "Buongiorno signorina," volse le spalle, uscì.

"È a casa?" domandò Cesare a Cristina.

"Sì," rispose essa.

"Come sta?"

"Ha mangiato qualche cosa. Poi sono venuta qui, non si può tenere chiuso il negozio."

Sì, forse Alessandro stava meglio a casa, solo, e la libreria era bene che fosse aperta, avevano tanto faticato per averla, e ora sembrava non servisse più a nulla. Inutili i libri, le luci, le vernici, i clienti che venivano a comprare, ma era bene ugualmente che rimanesse aperta.

Dopo una pausa Cristina disse: "Ho avvisato anche i conoscenti più stretti, e del resto c'è la notizia della disgrazia sul 'Corriere', che il matrimonio era rimandato."

"Sì, bene," fece Cesare. C'era il "Corriere" sulla scrivania, lo prese, cercò la notizia. Non molte righe, un investimento in largo Cairoli, nome, cognome, indirizzo, gravità del caso. Lesse per la prima volta stampato il nome di lei, Benedetta Montelli, corpo 8 su 7, e allora gli tornò alla mente il primitivo significato del nome che nella continua ripetizione si era consunto, era stato dimenticato. Voleva dire benedetta, benedetta lei per la sua bontà, per la sua comprensione, per l'amore che voleva a lui, l'affetto che portava agli altri, il coraggio del suo animo, benedetta. Strinse le mascelle.

Poté vederla la mattina dopo. Sotto le coperte, all'altezza delle gambe una specie di mezzo cesto di vimini creava un arco, un vuoto. Essa aveva il falso colorito roseo dato dalle iniezioni, una salute artificiosa che non poteva ingannare, i neri capelli erano mortificati da una stretta cuffia bianca e non se ne vedeva che l'attacco sulla fronte e pochi fili alle orecchie. Muoveva le labbra, non per parlare, ma per la sete paurosa che la tormentava. Un'infermiera era seduta di fianco al letto e fece il segno di non parlare. Benedetta fissava Cesare, fissava suo padre, fissava Cristina, nei suoi occhi era rimasta una forza viva che niente forse poteva toglierle, ma anche questa forza, ora, sembrava traspirare da qualche cosa di opaco, e traspirare con sforzo sanguinoso, legata ai tormenti della carne, tirata in giù dalla materia, dal peso bruto del dolore, eppure ancora capace di farsi luce, di farsi sentire.

Alessandro Montelli si curvò e la baciò sulla fronte e intanto le carezzò una guancia, stette qualche tempo così, poi si levò e tornò ai piedi del letto. Anche Cesare andò a baciarla e mormorò piano: "Benedetta, Benedetta," allora Benedetta sorrise, subito il sorriso si spense, guardò l'infermiera che prese uno spicchio di arancia e glielo avvicinò alle labbra.

Si fermarono pochi minuti, tacendo, guardando il letto, poi

entrò il dottore che li chiamò fuori. Benedetta era stata operata come meglio si poteva, purtroppo avevano dovuto tagliare fino al ginocchio, non era possibile altrimenti. Escluse le solite complicazioni non vi era più alcun pericolo, la malata aveva resistito benissimo all'atto operativo. Bisognava ora pensare a una carrozzella. Sarebbe stato bene venirla a trovare raramente in quei primi giorni, la malata intuiva ciò che le era accaduto, ma doveva essere preparata dalla suora, le suore sanno come fare, forse meglio dei parenti. Ancora una ventina di giorni, poi sarebbe stato bene portarla in campagna, e tenervela il più a lungo possibile.

"Voi state male," fece il dottore a Cesare. Lo sorresse per un braccio. "Venite." Lo portò avanti, lo fece entrare nella camera della suora.

"Sta passando," mormorò Cesare. Il sangue gli cadeva, internamente, dalla testa, dalle spalle, dal torace, rifluiva tutto verso le gambe che erano diventate gigantesche e di molle fango, mentre dalle gambe in su tutto era gelo sudato. "Sta passando." E chiuse gli occhi.

Fecero in tempo a metterlo sul lettino, gli slacciarono il colletto, nel deliquio egli stringeva i denti, l'odioso scricchiolio s'udiva nel silenzio monacale della cameretta.

La suora scostò Montelli che si era avvicinato a lui, e gli toccava il viso e diceva: "Ma fate qualche cosa, doveva sposarla domani, ah, no, dopodomani. È giovane, si è strapazzato in questi ultimi giorni con la libreria."

"State lì," disse la suora dolcemente, chiamò il dottore, gli fece vedere le mascelle che non si aprivano, il dottore le disse qualche cosa e corse fuori.

"Voi credete certamente che io sia svenuto e può darsi, ma non lo credo, io, vado con Benedetta, giù, oltre Chiaravalle, vedete che stiamo camminando in mezzo ai campi, naturalmente che cammina anche lei, poi ci sediamo sul basamento di un pilone di ferro alto alto, e su passano i fili dell'alta tensione, viene il vento e i fili ronzano morbidamente, Benedetta e io stiamo al sole, non parliamo, le sue scarpine grigie poggiano sulla terra, tra i fili d'erba gialla, lo vedete bene che ha le scarpine, non dite che occorre la carrozzella."

Si ritrovò seduto su un lettino, la mano della suora cercava d'introdurgli tra le labbra l'orlo di un bicchiere di metallo, si accorse che stava opponendo resistenza, che stringeva le mascelle, e perché?, si domandò. Aprì la bocca, bevette.

"Ora sì che è passato," disse il dottore incoraggiante. "Non prima." Lo portarono a casa di Montelli in tassì. Il professore doveva aver superato il periodo di chiuso dolore, gli parlò a lungo come una volta, quando passeggiavano per i bastioni e discutevano di filosofia e di storia.

"Sono le disgrazie che ci danno il senso vero della vita e delle cose. Quando viviamo comodamente e non ci accade nulla di male finiamo per dimenticare che cosa è la vita. A volte pensiamo che sia una piccola fatica senza scopo, passano i giorni alla ricerca di piccoli piaceri, gli anni occupati in piccole cose e dimentichiamo invece quanto la vita sia grande, quanto sia misteriosa, quanto sia importante sapere che cosa è. E allora arriva il dolore e ce lo ricorda."

Cesare ascoltava, sì, ma pensava, anche: "Dovevamo sposarci dopodomani, oggi è il tre aprile." E pensava anche: "La carrozzella." Ora ricordava nitidamente perché era svenuto, perché stringeva i denti. Mentre il dottore parlava egli aveva pensato, come adesso: “La carrozzella.” E poi il sangue era subito caduto giù, succhiato, verso le gambe.

Una settimana, due sole visite a Benedetta che era stata preparata dalla suora e sapeva di non poter più camminare, benché le sembrasse improbabile questo, perché era quasi certa di sentirsi ancora le gambe sotto il viluppo delle fasciature e solo una volta aveva toccato e aveva inteso il vuoto, di là, oltre il ginocchio, ma neppure in quel momento la forza viva che trasparivа dai suoi occhi s'era spenta del tutto.

“Come stai?”

“Meglio, Cesare.” Poteva parlare poco. Chiese della libreria.

“Va tutto bene, Cristina mi aiuta.”

“Non ti fermare troppo qui, ti fa impressione.”

“Ma no, non mi fa impressione.” Mandava giù, le stringeva una mano, si alzava, se ne andava con Montelli e Cristina, tornava in libreria, ma per tutto il giorno stava poco bene.

Gli artisti dell'E.I.A.R. passavano quando uscivano dopo le brevi prove, si fermavano a guardare le vetrine, ogni tanto qualcuno entrava. Entrava un ragazzotto a vendere libri, si rivendevano facilmente i libri di scuola ma gli faceva pena comprarli, pensava alla madre di quel ragazzo, al padre, alla fatica che avevano fatta per acquistare quel dizionario latino, quei volumi di storia o di matematica o di scienze naturali che poi venivano venduti per poche lire. Non si lasciava prendere da sentimenti e li comprava lo stesso, ma li pagava poco, perché non venissero più a venderli, sapendo bene che il ragazzo pensava: “Strozzino.”

Venne Candida Scirò col cugino. Sfogliò il nuovo catalogo mentre il cugino fumava e buttava la cenere in terra con una specie di sapiente attenzione, di studio, e poi il mozzicone, che egli rimaneva a guardare senza spegnerlo, interessantissimo spettacolo, per lui. Non era piccolo, ma lo sembrava forse perché era tarchiato, anche se l'eleganza dell'abito addolciva parecchio le grosse linee della figura. I capelli, biondi grigi, erano come infilzati sul cranio e folti, la brillantina dava soltanto a essi una cristallina morbidezza che non ingannava l'occhio, a toccarli dovevano pungere.

"Sapete il prezzo di quel libro?" domandò Candida Scirò.

Di quale libro? Ah, quello che le aveva portato a casa, *La donna ai tempi di Pericle.* No, non lo sapeva, ma non aveva voglia di far complimenti o ricerche.

"Quindici," rispose.

La donna trovò solo due altri libri da comprare e se ne andò quasi subito. Ma aveva guardato più Cristina che il catalogo, la guardava come avesse un vetrino sotto l'oculare di un microscopio, con scientifica attenzione, spogliandola gradatamente di ogni veste, di ogni trucco, per considerarla così come doveva essere; e poi d'ogni pezzo d'abito faceva un altro esame, seguiva quasi le cuciture, analizzava il modello, saliva al viso e valutava il velo di cipria, il velo di rosso sulle labbra, e al capo scrutava forse le proporzioni di acqua ossigenata che erano state usate, o le lavande alla camomilla che avevano addolcito quel biondo, e poi se ne andò, ma Cesare non lo aveva guardato. Se ne andò, attraverso la porta tenuta aperta dal cugino che aveva acceso un'altra sigaretta.

Due settimane. Le iniezioni, il cibo abbondante ingrassavano Benedetta, il riposo assoluto l'avviliva. Le portavano libri che essa cominciava ma non finiva. Quando per la prima volta la robusta infermiera la sollevò e la depose su una carrozzella per portarla nella sala vicina, ed essa capì che da allora in poi sempre l'avrebbero sollevata, deposta sulla carrozzella, disumano relitto senza forze se non quelle dello spirito, allora pianse in silenzio e fu quella l'unica, ultima volta che pianse di sé, mai prima e mai dopo aveva pensato di provare per se stessa quel sentimento di pietà senza dolore eppure sferzante, e mai più lo provò.

"Come stai?"

"Sempre meglio. Vorrei uscire. Mi portano in giardino ma non mi basta."

"È ancora presto, Benedetta."

Un giorno egli le portò insieme con qualche libro alcune riviste. Sull'ultima copertina di una di esse, v'era una vistosa pubblicità a colori di calze finissime, una ragazza disegnata con robuste forme, colori eccessivi, si guardava, volgendo il capo, le gambe enormi calzate con le celebri calze tal dei tali. Cesare e Benedetta parlavano, la rivista era sul letto, il disegno spiccava sul bianco della coperta. Cristina si avvicinò e con gesto semplice la prese e la nascose agli sguardi di Benedetta, ma poi capì che essa aveva già veduto e non aveva detto nulla, naturalmente, e aveva continuato a parlare con Cesare.

Tre settimane. Nei dialoghi con Benedetta v'erano argomenti che non erano mai stati toccati. La nuova casa, destinata agli sposi di ritorno dal viaggio di nozze. E il matrimonio. Né lei, né Cesare, né Montelli, né Cristina avevano mai accennato a quei temi. Qualche volta il discorso sembrava volervi cadere a capofitto, inevitabilmente, allora s'interrompevano.

Cristina era stata licenziata dall'ufficio. Ora trascorreva la giornata in libreria, come un'impiegata, acquistava con facilità una pratica che Cesare veniva imparando più faticosamente. Con i clienti aveva anche più delicate, furbe maniere. Cesare si faceva duro, scontroso, le esigenze insopportabili della clientela lo infastidivano, non vendeva anche quando sarebbe stato facile. Cristina sapeva aver pazienza, anche quando il colorito violaceo del suo volto denunziava il suo eterno sotterraneo malore. E poi era anche il ventisei aprile, piena primavera quasi, un soffio di libero cielo arrivava anche in via Gozzadini, all'ora di chiudere le rondini s'udivano stridere anche in via Gozzadini; anche in via Gozzadini, su un balcone, un vaso di fiori – che fiori mai fossero egli non lo sapeva – cresceva rigoglioso, acceso di bianco e di rosso.

Benedetta uscì dalla clinica dopo quarantadue giorni. Avvenne tutto normalmente, perché tutto era stato già preparato, come se sempre essa fosse stata su una carrozzella. Non si passò nemmeno per casa, era inutile no?, venne messa sull'auto noleggiata appositamente e portata a Desenzano. Il professore aveva trovato una villetta da affittare, la domestica vi si era già stabilita da tre giorni per prepararla, insieme con un'infermiera tedesca, una grossa alta donna che parlava poco l'italiano ma che sapeva bene il suo mestiere; la domestica dei Montelli era troppo piccola e debole per poter sollevare Benedetta.

Cristina rimase sulla strada, vicino all'auto, doveva badare alla libreria lei, sarebbe poi andata a trovarla. Prima che l'auto partisse abbracciò Benedetta e sembrava non potersene staccare, e si staccava un momento, poi tornava ad abbracciarla ancora più forte, e Benedetta le accarezzava i capelli e le sorrideva e, all'ultimo, le baciò le mani quasi con slancio selvaggio.

“Appena Cesare torna vengo a trovarti io,” le diceva.

Cesare ordinò: “Si parte.”

Il conducente accese il motore, Cristina chiuse lo sportello, l’aria si tinse di una nuvola azzurra che nacque dal suolo, insieme con un rombo. L’auto si mosse.

Treviglio, Chiari, Brescia. Si fermarono due volte. Montelli andò a prendere da bere per Benedetta, Cesare rimase sempre sulla macchina accanto a lei, le teneva le mani che sudavano un poco e poi appena la macchina riprendeva la sua corsa si asciugavano, divenivano tepide e morbide.

Arrivarono a Desenzano, davanti alla villa. Non si vedeva che una striscia di lago da lì, ma bastava fare pochi passi per dominarne tutto il grande braccio, dall’alto.

L’infermiera accorse, senza parlare, da sola prese Benedetta sulle braccia, la portò dentro, salì una rampa di scale, la depose nella sua camera, sul letto, lasciando fuori gli uomini.

“Deve riposare,” disse, raddoppiando le consonanti, scivolando sulle finali, aspirando ogni tanto le parole dove meno lo si sarebbe immaginato. “Andate a mangiare, intanto, vi chiamerò io.”

Sembrava la padrona di Benedetta e si capiva che aveva già stabilito un suo regolamento che avrebbe imposto a tutti, senza riguardi. Montelli e Cesare scesero in sala da pranzo dove la domestica aveva preparato. La villa, interamente ammobiliata, aveva un che di intimo che non la rendeva estranea pur essendo e rimanendo di altri. Modesti mobili tenuti con cura, quadri di pittori pieni se non altro di buona volontà e, più bello di ogni altra cosa, un vasto giardino tenuto con pazienza e con cura. Per vedere il lago bisognava uscirne fuori e Benedetta non avrebbe potuto farlo facilmente, ma il professore non aveva trovato niente di meglio.

"Senti, papà," disse Cesare. Aveva intanto levato dal portafoglio l'assegno verdognolo e lo aveva posto sul tavolo accanto a sé.

Montelli si portava alla bocca lente cucchiaiate di minestra. "Di'," fece.

Cesare si versò un po' d'acqua. "Con quello che è successo, è meglio non fare complimenti. Questo è l'assegno che mi ha dato lo zio, l'ho fatto rinnovare per non metterlo in un libretto, caso mai ti occorressero subito." Gli porse il foglietto, Montelli lo prese e lo guardò, poi lo depose sulla tavola.

"Grazie," rispose. E poi: "È andato via tutto l'altro libretto." Il discorso sfiorò l'argomento vietato. L'altro libretto era quello destinato al primo nipotino che fosse nato.

"Lo immagino," mormorò Cesare. "La clinica, la villa, l'infermiera."

Erano le due del pomeriggio. Solo verso le sei la fräulein venne a dire che Benedetta sarebbe scesa poco dopo per prender un po' d'aria in giardino. Meglio non guardare, farsi trovare in giardino, non fermarsi mai dove Benedetta doveva essere trasportata a braccia.

La videro comparire in fondo a un vialetto, la fräulein spingeva la carrozzella, Benedetta non appoggiava il capo, stava diritta, forte, e sorrideva. Se qualche cosa gli fece male, a Cesare, dopo l'urto provato quando Cristina gli aveva dato la notizia sulla porta appena arrivato da Roma, fu quel sorriso naturale che esprimeva già la pazienza santa dell'animo umano contro tutte le forze maligne che lo martoriano.

Le andarono incontro. Benedetta disse che era molto bello il giardino, che sentiva il lago anche se non lo vedeva, doveva essere da quella parte, e indicò.

"Sì, è laggiù," fece Montelli.

Era il tramonto, l'aria era rosa come in una cartolina, il verde, il primo verde, era quasi bianco, molle alla vista, inerme al tatto, le foglie parevano fatte di velo, i fili d'erba non avevano consistenza, come un gattino appena nato.

"Ho dormito molto bene," disse Benedetta, "era da prima che non dormivo così." La conversazione si trascinava stanca. Montelli dopo un poco disse che andava a comprare i sigari. Rimase la fräulein, seduta sul suo sgabellino di tela, un libro in mano, ogni tanto alzava sospettosa gli occhi verso la sua vigilata.

Era venuto il momento. L'argomento proibito, non toccato per tanti giorni, stava adesso lì, fra loro due, groviglio di ferro spinato, pericolosa barriera di pena.

"Non abbiamo mai parlato di noi," disse Benedetta. Lo guardava con dolcezza, certo sempre lo aveva guardato così, ma ora era una diversa dolcezza. "Ho parlato anche con papà e anche lui dice che sei libero. Adesso."

Egli pensò: "Ma è sciocco, la sposo lo stesso, s'intende," e pensò ancora: "Spingerò io la sua carrozzella, lei deve capirlo, è tutto come prima, le ruote di un tram non possono cambiare quello che abbiamo dentro." Ma dopo un attimo pensò ancora, e fissava le grosse mani della fräulein che sorreggevano il libro: "Io non volevo bene soltanto al suo corpo, questo lei lo sa, ma da quando ha ripreso coscienza dopo l'operazione, non pensa altro che a dirmi che sono libero."

"Questi sono discorsi antipatici," le disse. "Devi capire da te che cosa penso io."

S'udiva dalla strada vicina, ogni tanto, il trillo del campanello di una bicicletta e il sordo fruscio delle ruote sulla ghiaia. Benedetta disse: "Lo so che cosa pensi, ma io sono un'altra adesso."

S'irritava. Perché quel discorso inevitabile era venuto? Disse: "E se tutto fosse successo due giorni dopo essere sposati, invece che due giorni prima?"

Benedetta si guardava le mani appoggiate in grembo. "Sarebbe stato lo stesso, soltanto non avresti potuto più essere libero. E avrei sofferto ancora di più per questo." Fece una pausa. Disse poi: "Ho bisogno di star sola adesso, non voglio legare nessuno alla mia carrozzella, tanto meno te."

Egli teneva i gomiti appoggiati sulle ginocchia, il viso appoggiato sulle palme delle mani, ora seguiva il dondolio di un bianco fiore nell'aiola vicina, mosso dall'aperto vento dolce della sera. "Capisco," mormorò. "Ma cerca di capire me."

"Capisco. Ma fra sei mesi, fra un anno, non penserai più così. Hai venticinque anni."

Cesare calmo rispose: "Può darsi, ma non importa quello che io penserò, e poi non sarà così." L'effimera calma scomparve subito, la voce divenne più nervosa: "Non parliamo più di questo. Quando ti sarai rimessa ci sposeremo."

Essa vide se stessa sulla carrozzella, Cesare era accanto a lei, qualcuno gli domandava se era contento di sposare la signorina Benedetta Montelli, ed egli rispondeva sì. Disse: "Non parliamo più di questo." E con meno calma disse ancora: "C'è solo un modo per non farmi ricordare quella che sono: lasciarmi sola. Quando mi trattate come fossi ancora una persona sana e completa mi sento impazzire. Non posso vederti, Cesare, quando l'infermiera mi prende in braccio e tu fingi di nulla, fingi che sia normalissimo, e anche adesso, non posso vederti, adesso che non abbassi mai gli occhi per guardarmi giù, oltre il ginocchio. Non sono più una donna come le altre, lo so, lo sai anche tu, tutti lo sappiamo e ogni parola, ogni sguardo che mi vuol far credere il contrario mi fa piangere di rabbia e di disperazione. Ho già detto tutto questo anche a mio padre e gli ho detto anche di dirti di andar via, di non farti più vedere. Ancora resisto, adesso, ma se continui a starmi vicino, se ti vedrò ancora e vedendoti penserò che dovevamo sposarci, che dovevamo andare ad abitare nella nostra casa e stare nella libreria, e tutto questo non può più essere, se penso così, mi sento ancora impazzire, non resisto più. E tu parli di sposarmi ugualmente."

La fräulein non aveva forse capito tutto il discorso, certo aveva notato il tono della voce sordo, ansioso. Si alzò, ripiegò lo sgabellino di tela, richiuse il libro, disse: "La signorina non deve affaticarsi," e posò le mani sulla spalliera della carrozzella.

"State ferma," disse Cesare.

Come non avesse capito, ma aveva capito benissimo, la fräulein cominciò a spingere la carrozzella e Benedetta non disse nulla. Calmo, pacato, Cesare mise un piede contro la ruota, disse: "Ho detto di star ferma." E il suo volto teso contrastava col tono quasi sereno della voce.

La fräulein osservò un momento quasi con interesse tecnico quel sandalo e quel piede che ostacolavano la sua marcia, poi riaprì lo sgabello e il libro e tornò a sedere.

"Scusami Benedetta," mormorò Cesare. "Tornerò fra un po' di tempo, quando saremo più calmi tutti e due."

"Sì, Cesare. Ti scriverò io."

Chissà da quali nascosti cunicoli della memoria gli tornò alla mente una frase letta tanto tempo prima: "Il Signore ha dato e il Signore ha tolto, sia fatta la volontà del Signore." Si alzò, si curvò su Benedetta, le sfiorò le labbra, mormorò: "Parto questa sera."

S'incamminò per il vialetto senza volgersi indietro, le braccia rigide lungo il corpo, il passo troppo preciso. Davanti al villino vide Alessandro che fumava seduto sul gradino della soglia. Senza dirgli nulla entrò. Si sentì chiamare.

"Cesare."

Esitante ritornò sui suoi passi.

Montelli fumava seduto sul gradino e lo guardò. Posò il sigaro sul muretto di guida della scala, si alzò, gli disse: "La macchina è ancora qui, ho detto al conducente di aspettare."

"Grazie. Vado via adesso."

Montelli riprese il suo sigaro, lo attese sulla strada dopo aver fatto chiamare la macchina, mentre egli andava di sopra a prendere il cappello e la borsa.

"Cesare," disse Alessandro, e sembrò voler dire qualche cosa che non poteva. Egli entrò nella macchina, sentì la grossa ossuta mano di Alessandro sulla sua spalla che premeva con forza, e il professore disse ancora: "Cesare," ma niente altro.

L'auto partì. Il crepuscolo pesava sul lago con nebbie violacee, ogni tanto piccoli lumi si accendevano sulle rive, si spegnevano e tornavano ad accendersi.

"Sbrighiamoci!" gridò Cesare al conducente.

Alle nove e mezza la macchina si fermava davanti alla sua pensione. Egli salutò come sempre la signora Marina, salì le scale, si chiuse nella sua stanza. Poi, quando ricordò quella sera, pensò che era stata la sera più infelice di tutta la sua esistenza. La solitudine della sua camera era una fredda solitudine, una specie di odioso eremo era quella stanza, insopportabili i radi deboli rumori che giungevano dall'esterno, una voce di donna, il passo di qualcuno nella stanza di sopra, il lontano fuggire di un tram per corso Italia.

Pensò di scrivere a Benedetta, quando i sentimenti sono così forti le parole dette non esprimono bene il nostro pensiero, ma trovò impossibile e inutile anche scrivere. Aveva ragione, l'amore che le portava, ora, era fondato sulla pietà, una pietà inevitabile che la offendeva, che le faceva ricordare sempre più acerbamente la sua condizione. Ma le ruote di un tram non possono cambiare tutta la vita di due persone, e poi da tempo non erano più due persone, erano una sola, dovevano condividere la loro vita, nella buona e nella cattiva sorte.

Dovevano. Era questo che offendeva Benedetta. L'amore non è un dovere, è uno slancio di tutto l'animo al di là di ogni dovere ed essa sapeva che egli non poteva più provare per lei questo slancio, che avrebbe finito davvero per amarla per dovere.

Al mattino, quando andò in libreria, Cristina non era ancora venuta. Era presto, il ragazzotto lavorava con solerzia, ma v'era qualche cosa di falso in quel suo darsi da fare. Poco dopo venne Cristina e fu sorpresa nel trovarlo lì.

"Credevo ti saresti fermato qualche giorno," disse.

Egli la guardò mentre indossava una veste nera da lavoro. "Vuole essere lasciata sola," mormorò Cesare. "Ha ragione."

Cristina non rispose nulla, sedette davanti alla scrivania ingombra di libri per catalogare i nuovi acquisti. Scriveva una lettera e un numero su un talloncino gommato che poi applicava sul dorso del libro, e la stessa cifra con la stessa lettera scriveva sul registro. Egli la guardò per un po' di tempo. Nel silenzio s'udiva soltanto il passo del fattorino che percorreva con uno straccio in mano, quasi inquieto, quasi senza motivo, il negozio da un capo all'altro, e pure senza motivo si fermava o riprendeva a camminare. I tre grandi globi di luce erano accesi, la bianca luce si fondeva con quella del giorno assolata, calda, ma non ne era vinta. Cesare prese un libro a caso dal più vicino scaffale: *Come si fotografa oggi*. Gli venne in mente una fotografia di Benedetta che aveva a casa, un'istantanea che la raffigurava seduta su una panchina, ai Giardini. Rivide con gli occhi della memoria l'immagine, le lunghe perfette gambe di Benedetta, il suo volto sereno. Sfogliò il libro, guardò le figure, s'impose di restare calmo, s'impose di restare obiettivo.

Alle dieci il fattorino disse: "Io vado."

"Va bene," fece Cristina.

Il ragazzetto prese la sua bicicletta, la portò lentamente verso la porta, l'aprì, uscì.

"Fausto," disse Cesare.

Il fattorino si fermò con la bicicletta mezza fuori e mezza dentro. "Eccomi."

"Fammi vedere quel pacco," chiese Cesare.

"È la cassetta da lavoro di mio padre," gli rispose con serena indifferenza.

Cesare si alzò, disfece il pacco legato dietro la bicicletta, vennero fuori sette libri, rilegati, i migliori acquisti fatti da Gattoni negli ultimi tempi. Il ragazzo non aveva preso i libri già catalogati perché la loro mancanza si sarebbe facilmente scoperta, ma quelli ancora da catalogare e di cui esisteva soltanto un elenco scritto a matita.

"Volevo leggerli! Volevo leggerli!" gridò il ragazzo.

"Sì, certo," disse Cesare. Si volse quieto a Cristina: "Fai il conto a Fausto qui e dagli i suoi soldi."

Il ragazzo aveva soltanto le orecchie rosse, il volto era pallido, chiuso, teso da un'espressione di caparbio dispetto.

"Bisognerà vedere se mancano altri libri prima di dargli i soldi."

"No! È la prima volta, volevo leggere quei libri!" gridò quasi il ragazzo.

Donne e fanciulli negano fino all'impossibile. Uno dei libri che egli stava per portar via era intitolato: *Introduzione e commento alla geometria analitica*; lo aveva preso soltanto perché dalla rilegatura e dalla grandezza capiva che valeva di più.

"Non è la prima volta," disse Cesare a Cristina, non al ragazzo che non guardava neppure, "ne mancheranno altri, ma non importa."

Cristina fece i conti, applicò le marche d'assicurazione sul libretto e lo dette a Fausto col denaro. Non un moto di debolezza, non il minimo segno di paura v'era sul volto del ragazzo, prese il denaro, lo contò in fretta e se ne andò.

"Ora non sarà facile trovare un altro fattorino," disse Cristina.

"Ci penserò io," rispose Cesare; continuava a sfogliare il suo libro, a volte guardava perfino le tabelle che conteneva con i tempi di luce, l'apertura del diaframma. "Se vuoi andare a trovare Benedetta, va' pure. C'è un treno che parte verso le dodici."

Cesare faticò non poco per trovare un nuovo fattorino. Per quattro giorni dovette aprire il negozio da solo, pulirlo alla meglio. I clienti sembravano pochi, ma alla fine della giornata, quando egli buttava giù i conti, l'incasso era buono, modesto, non notevole, ma buono. Si applicava al suo lavoro senza entusiasmo, forse, ma con tenace operosità. Scrivendo diverse lettere, propose condizioni un poco migliori dei soliti rivenditori di libri usati, riuscì senza alcun intermediario a creare un meccanismo di rifornimento che, come vide in seguito, funzionava da solo. Gattoni, non contento di averlo derubato, gli scrisse una lettera piena di villanie. Egli sorrise. La madre del fattorino Fausto venne col ragazzo a domandare perché avessero licenziato il figlio. Egli le disse cortesemente: "Perché portava via dei libri," non disse "rubava". Allora la donna gridò che suo figlio non era un ladro, che se portava via dei libri era per leggerli. Era in buona fede, essa, non poteva ammettere che il figlio avesse voluto rubare, ripeté diverse volte il motto storico "poveri ma onesti", minacciò di ricorrere a tutte le potenze umane e divine se non avesse rilasciato al figlio un buon attestato. In silenzio Cesare scrisse l'attestato in cui si elogiava l'operosità e la rettitudine del ragazzo, in silenzio lo dette alla madre che lo lesse al principio con orgoglio, poi con sgomento. Quel silenzio, quella pronta sottomissione di un avversario che essa era venuta ad attaccare ferocemente, preparata a lottare con tutte le sue forze, le misero nell'anima come un senso di dubbio, guardò il figlio, ripiegò il certificato, se ne andò.

Il nuovo fattorino era un robusto giovanotto che cominciò a prendere in mano il lavoro della libreria come se il negozio fosse suo. Chiese barattoli di vernici, chiodi, viti e altre cose del genere per rimodernare, lustrare, mantenere in ordine i più impensati angolini del locale. Costruì con pochi soldi tutta una serie di mensole per la vetrina, così che l'esposizione fino ad allora poco curata se ne avvantaggiò sensibilmente, e sensibilmente si vide aumentare la gente che si fermava passando a osservare, e qualcuno di più entrava per comprare. Non c'era bisogno di dirgli niente perché il lavoro lo trovava da solo, se occorreva lo inventava. Cambiò il campanello che suonava quando si apriva o chiudeva la porta. "L'è malinconic, par el pancott," disse. E lo sostituì con un campanello a cicala che ronzava sordamente senza infastidire quando si apriva la porta. Tutto ciò che non era perfetto era per lui come il pancotto. Quando qualche volta i ragazzi della via si fermavano davanti alla vetrina, egli usciva e gridava loro, ma bonariamente: "Ehi, l'è minga l'asilo Mariuccia. Circolare." Non diceva di essere nato a Milano, diceva che era nato a Porta Tenaja con un certo senso di superiorità verso i milanesi degli altri quartieri. Una volta dovette rimanere solo in negozio perché Cesare andava alla Cassa di Risparmio. Cesare gli disse: "Se viene qualcuno di' che il padrone non c'è. Io torno subito." Quando tornò, egli aveva venduto due libri a un cliente. Aveva chiesto che cosa desiderava, aveva guardato sul catalogo, aveva trovato la collocazione dei libri, li aveva rintracciati nello scaffale, mostrati al cliente dopo aver guardato il prezzo scritto sul registro e quindi venduti. Tutto da solo, senza che nessuno gli avesse mai insegnato nulla. Aveva diciotto anni, era un po' alto e grosso, in mezz'ora apriva il negozio, faceva pulizia senza lasciare in pace un granello di polvere. Era felice quando adoperava l'aspirapolvere e quando cambiava la vetrina spostando le mensole, disponendo i libri diversamente. Aveva un buon senso che era quasi un buon gusto, veniva dal popolo ma sembrava vivesse in ben diverso ambiente tanta era la finezza di certi suoi tratti. Del resto Cesare aveva visto che proprio nel popolo si trovano persone che hanno doti positive, fondamentali.

"Puoi rimanere qui tutto il giorno?" gli domandò una volta. Pensava che non poteva approfittare sempre di Cristina. "Dovresti rimanere in negozio quando io devo andar via, fare qualche commissione."

Domenico Barozzi disse di sì, felice, e invece di due ore al giorno rimase in libreria dalle otto alle otto. A mezzogiorno non se ne andava, si portava da mangiare e usciva solo per bere un bicchiere di vino e fumare una sigaretta. Fu una bella spesa, per Cesare, ma ne era contento. Poteva star via un'intera giornata sicuro che tutto andava bene.

Un giorno Candida Scirò entrò nel negozio. Portava un abito a fiori, i capelli tirati in su, all'antica. Cesare si alzò, serio, quasi compassato.

"Vi è arrivato qualche cosa di nuovo?"

"Parecchio," Cesare le porse il catalogo scritto a mano, alla pagina "Libri rari e antichi".

Candida lesse con attenzione, poi disse: "Non c'è più la signorina?" Parlava di Cristina.

"No, per il momento no." Era laconico, quasi scortese.

Essa non vi badava, segnò con l'unghia sul catalogo i libri che le interessavano e Cesare disse i titoli a Domenico che si mise a cercare i libri.

"Dovrei parlarvi di affari," mormorò Candida Scirò. "Volete accompagnarmi un poco verso il centro? Tanto è quasi ora di chiudere."

Egli stava in piedi davanti a lei, la scrivania era fra loro due e non solo la scrivania, ma un senso di tensione e, da parte di Cesare, un senso di ostilità. Egli stava in piedi e non la guardava, o se la guardava lo faceva come un commesso qualunque guarda una qualunque cliente.

"Va bene," rispose.

Domenico portò i libri, Cesare fece il conto, Candida pagò e Cesare disse anche: Grazie. Non mancava nulla perché la situazione fosse normale, eppure non lo era. Poi Candida e Cesare uscirono.

Milano era bella per chi sapeva apprezzarla, bella nelle grandi vie nuove e nelle piccole che rammentano antichi comuni medievali; bella d'autunno quando un velo di fanghiglia ricopre le strade, svela il rosso cotto delle pietre; di primavera, quando un cielo latteo azzurro sembra una bandiera di velo che pesa dall'alto, stesa ad asciugare. Al mattino, quando passano i tranvai carichi di operai e di impiegati; verso sera, quando corso Vittorio è affollato di gente che cammina piano e sfoggia le ultime giacche, le ultime pettinature. Bella anche via Gozzadini nell'ombra smorta della sera, tortuosa, ancora con l'antico selciato di pietre di fiume e la carreggiata in mezzo, due lunghe liste, due lunghe rotaie che correvano insieme docilmente verso lo stesso porto. Usciti da via Gozzadini si trovarono in corso Italia e proseguirono verso piazza Missori.

"Era per una libreria," disse Candida Scirò. "Vorrei aprire una grande libreria in centro. Mi hanno sconsigliato ma vorrei provare, soltanto non conosco nessuno che sia pratico del lavoro e avevo pensato a voi."

Egli portava i libri che lei aveva comprato sottobraccio.

Non voleva neppure guardarla, quell'abito a fiori gli sembrava una sfatta cosa impura, il verde dei suoi occhi grandissimi un artificio, un trabocchetto indegno. Rispose laconico: "Non sono pratico nemmeno io."

"Certo più di me," disse Candida, e pareva sentire la sua riluttanza e accettarla, come l'avesse già preventivata e non la sorprendesse. "Ma se non potete aiutarmi, o non volete, non fa nulla, non vorrei obbligarvi a fare una cosa che non volete."

Egli camminava in fretta ma essa con lungo passo gli stava sempre al fianco senza affrettarsi, appena allargando un poco, con eleganza, il compasso armonioso delle gambe. "Non so ancora precisamente in che cosa potrei esservi utile," disse.

"Dovreste cominciare dal principio," sorrise Candida. "Io posso mettere soltanto i capitali, voi dovreste trovare il negozio, i libri, avviarlo, alla fine dell'anno divideremmo il guadagno."

Erano vicini a piazza Missori. Egli si mise i libri sotto l'altro braccio. "Guadagno non ce ne sarà come pensate, appena appena per far vivere un paio di persone senza molte pretese. Almeno per quello che so con l'esperienza fatta nel mio negozio in qualche mese."

Era come se essa non notasse il suo tono freddo, le sue maniere assenti, oppure, come se lo notasse ma non vi desse importanza. Fece: "Vogliamo sederci qui al Motta? Parleremo meglio che camminando."

Entrarono nella galleria Carlo Alberto, poi nel locale del Motta, risplendente di caramelle e di cioccolatini. Essa lo guidò in una saletta in fondo a un tavolo vicino a una minuscola fontanella luminosa. La solita folla che prendeva l'aperitivo, delle più diverse categorie sociali, bene e mal vestita, rumorosa o piena di posa. Ma nella saletta erano abbastanza isolati e ancora egli ebbe la sensazione dell'inutilità di quelle parole che correvano tra sé e la donna, come se fossero un mascheramento di altre non dette parole, ma solo pensate ed espresse al massimo con gli sguardi.

"Voi avete qualche cosa e io vi annoio con le mie manie affaristiche," disse con dolcezza Candida. "Siate sincero."

"Forse," disse egli, ma quel tono dolce e intimo di lei scioglieva un poco la rigidezza del suo atteggiamento. E del tram che aveva investito Benedetta, e dell'ospedale Fatebenefratelli, della carrozzella. Di tutto ciò che era avvenuto fra lui e Benedetta, non aveva mai parlato con nessuno: una pena che non aveva avuto sfogo, in nessun modo.

"Noi donne pensiamo sempre di sapere quando gli uomini hanno qualche cosa, ma non è vero: finiamo per indovinare solo per caso. E quando abbiamo indovinato poi non sappiamo dare molto conforto, è l'uomo che crede, che pensa di essere confortato da una donna, ma essa non lo sa confortare. Ho provato, ed è così."

Che c'entrava? Perché questo discorso? Dove parlava?, si chiese Cesare. Erano le stesse domande che si era fatte quando era andato a casa di lei. Ma ora lo infastidivano assai meno dell'altra volta, era solo annoiato. E più sentiva che essa, così bella, cercava di avvicinarsi a lui, più un'istintiva repulsione, vera repulsione, lo prendeva. "Non crederai mica di cuocere tutti con quegli occhi, o con quell'abito, ho altro per la testa io."

"Stavamo parlando della libreria," disse egli sorridendo.

"Ma voi non ne avete voglia," rispose Candida.

"Se si dovessero fare soltanto le cose delle quali abbiamo voglia..."

Candida chiese un fiammifero con lo sguardo, mostrando la sigaretta che Cesare aveva veduta già, disinteressandosene poi subito. E riprese: "Io non ho più nulla da dire. Siete voi che dovete dirmi se mi volete aiutare o no."

"Non posso badare a due negozi," disse Cesare. "Anche volessi non potrei accettare."

Candida sorrise, e gli era molto antipatico quel sorriso distante che sembrava irrisione. "Non occorre stare tutto il giorno al banco come un commesso, quando si ha un negozio. Un buon dirigente sa decentrare le varie attività, sorvegliando soltanto, dando le direttive."

"Io non sono un dirigente, e il mio lavoro voglio farmelo dal principio alla fine."

Ecco, entravano altre coppie (ma loro erano una coppia?), alcune, con eleganza imparata al cinema o chissà dove, sedevano, affettando mollezza e indifferenza. Ragazze giovani, belle, ma con qualche cosa di grossolano intorno, un alone di grezzo insomma, come di pezzi umani non rifiniti; uomini sudati per il primo caldo, che portavano il loro sudore quasi ostentandolo, contenti del loro lucido viso, della mollezza del loro passo.

"Ho già pensato una volta che devo esservi antipatica," disse Candida. "Non mi accade facilmente."

"Lo immagino, la bellezza soffoca ogni antipatia," disse Cesare.

"E a voi invece no?"

Doveva accadere. Ciò che da tanti giorni lo soffocava dentro, doveva venire alla superficie. Sbottò: "Non ho voglia di parlare di queste cose. Due mesi fa una persona cara è andata sotto il tram, ha perduto le gambe, adesso dovrà vivere sempre su una carrozzella, portata a braccia dall'infermiera. Non ho antipatie, né simpatie, non m'interessano né bellezze né bruttezze." La sua voce era bassa, lenta, l'irritazione non traspariva ma la scoteva tutta dal profondo.

Candida posò la sigaretta, lo guardò, ed egli invece non la guardava e gli disse: "Scusate, non immaginavo, se avessi saputo non vi avrei importunato con le mie sciocchezze."

Solo allora egli la guardò. Era confuso del suo scatto, del suo tono scortese. Disse: "Scusate voi. È un po' di tempo che non ho la testa a posto."

Stettero a lungo in silenzio. Candida mormorò: "È terribile, non immaginavo. È quella ragazza che era sempre in negozio?"

"No, quella è la sua amica. È la mia fidanzata, dovevamo sposarci il cinque aprile. Il tre aprile è successo." E piano, ripensando e rivivendo tutto, le narrò ogni cosa, quasi ogni cosa. Il bisogno di confidenza era istintivo in lui, dopo si rimproverava, "Dico al primo che passa i fatti miei", ma al momento gli faceva tanto bene credere di aver qualcuno vicino che lo comprendesse, che partecipasse alle sue pene o alle sue felicità.

"Non pensavo che esistessero donne così," disse Candida parlando di Benedetta quando egli ebbe finito. "Voi non dovete lasciarla sola, non dovete darle ascolto. Vi parla così perché è ancora esacerbata dalla sua sventura, ma dovete starle vicino ugualmente. L'unico che potrà consolarla, farla rassegnare, siete voi."

Cesare scosse il capo, dietro gli occhi sentiva le lacrime. "Voi non la conoscete. Ha detto che vuole star sola e vuole veramente così, anche se soffre."

Poco dopo egli pagò e uscirono.

"Se andate a casa vi porto i libri io," le disse camminando al suo fianco.

Essa sorrise e non era più un'irrisione come prima. "Date qua, non vi disturbate."

Egli rifiutò e l'accompagnò in via Montenapoleone, si fermarono sul portone, guardarono in silenzio la gente che passava. Egli ebbe paura di star solo, ora, sempre dietro gli occhi urgeva il peso delle lacrime; ebbe paura di trascorrere un'altra sera come quella passata di ritorno da Desenzano. Paura veramente della solitudine, dei radi lontani rumori, della gente che passa per la strada chiacchierando e non sa che voi siete lì, desolato, senza conforto. Ma Cristina era via, tutti erano via, pensò di telefonare a Marta ma non l'avrebbe trovata, e anche se l'avesse trovata avrebbe pensato chissà cosa, chissà quali nuove speranze le sarebbero nate dentro. Disse a Candida: "Però non abbiamo parlato ancora seriamente di questa libreria. Se posso esservi utile..."

"C'è tempo, non pensate a questo. La prima volta che vengo a comprare qualche libro ne parliamo. Ora dovete pensare a star tranquillo."

Non aveva capito, non aveva capito che egli non voleva star solo. Bisognava dirle in soldoni le cose, altrimenti la gente non capisce. "Pensavo se potevo stare con voi questa sera, non mi sento di star solo, sto male in quella camera di pensione, finisco per pensare sempre le stesse cose."

Essa fissò la sua cravatta, una vecchia cravatta, il suo mento, un mento non rasato da un giorno, poi la sua bocca, poi il naso, un ridicolo e commovente naso, i suoi occhi (ma come era giovane). Disse: "Ma che peccato. Questa sera sono invitata a cena. E anche domani sera. Ma forse, quest'ultimo invito potrò disdirlo, perché non mi telefonate domani?"

L'accompagnò fino al principio della scala. La portinaia dal suo castelletto di vetri li guardava. Le dette i libri, sentì la sua mano fresca nella sua. Ora che avrebbe voluto stare con lei, così, parlarle ancora di Benedetta, farle capire che donna era Benedetta, ecco, essa sfuggiva.

"Telefonatemi domani."

"Sì, certo."

Era solo. Avrebbe voluto gridare, lì per via Montenapoleone, ma naturalmente stava quieto, fermo, corretto passante conscio dei suoi doveri di cittadino educato che non grida in mezzo alla strada. Ma pure non voleva star solo, non voleva pensare alla carrozzella di Benedetta da solo, alla robusta fräulein che sollevava Benedetta come una bambola, la deponeva qua e là come inerte oggetto, la sua Benedetta, sua, e benedetta.

Finì per telefonare a Marta. Essa lo invitò a casa, anche il fratello voleva vederlo, ma egli rifiutò. Allora docile gli chiese dove voleva che lo raggiungesse.

"T'aspetto in piazza della Scala."

La vide arrivare aerea e goffa dopo mezz'ora. Aerea per il leggero passo sul tacco alto, goffa per qualche cosa che egli non seppe spiegare, ma che non era nell'abito, ma forse nell'animo di lei e inceppava, rendeva esitanti, spesso erronei i suoi gesti, il suo modo di fare.

"Devo ancora cenare," le disse, "e tu?"

"Anch'io."

Andarono in una trattoria in piazza San Fedele. Non le spiegò neppure perché l'avesse chiamata. La verità non poteva dirgliela, pretesti non ne voleva inventare. Né essa domandò nulla. Parlò solo un momento di Benedetta, ma quando vide che egli rimaneva freddo, quasi lontano, cambiò discorso e raccontò dell'ufficio nel quale lavoravano prima e di Ferrari. Non gli avevano migliorato affatto la posizione, a Ferrari. Né moralmente, né materialmente. Quando Cesare era andato via, avevano preso un altro al suo posto e Ferrari lo avevano lasciato dove stava. Poi anche Marta si era licenziata e non sapeva più nulla, certo dovevano aver malignato sul fatto che tanto lei che Cesare avevano lasciato la ditta a distanza di quindici giorni.

"Cosa fai adesso?"

"Niente."

Se non poteva gridare, che almeno lo lasciassero scherzare, ridere. Disse a Marta: "Fai la signora. E a fidanzati come stai?"

"Niente."

"Lavoro niente, fidanzati niente. Ti annoierai."

"No. Mi riposo."

Entrò nella trattoria un vecchio cortese che vendeva sorridendo gardenie ed egli gliene comprò una. "Sei ancora innamorata di me?"

"Sì," rispose Marta.

Si divertì a scherzare, doveva pure fare qualche cosa. "Ma perché? Che cosa ho di speciale?"

Essa sorrise, dispose la gardenia in un bicchiere d'acqua. "Non scherzare, Cesare, mi fa male," disse senza guardarlo.

Parte seconda

Capitolo V

Cesare Vairaghi quasi correva per via Montenapoleone. Autunno, ma sembrava ancora estate, soltanto il cielo era più pallido, più lontano, non sembrava cielo ma un gran vuoto bianco. Entrato al ventisette continuò la sua corsa per le scale facendo a tre a tre i bassi gradini; davanti alla porta di Candida suonò. Non ansava neppure nonostante la corsa, sembrava calmo ed era soltanto irrigidito. La cameriera, una nuova, venne ad aprire. L'altra, la bellissima diva, copia esatta e vivente delle fotografie pubblicitarie dei dentifrici, se ne era andata.

Egli non disse nulla, entrò, rapido aprì la porta di vetro verde, andò diritto nella stanza di Candida. Essa stava scrivendo a un tavolo accanto alla finestra, guardò Cesare un po' stupita, ma presto sorrise. "Smettila di fare quella faccia," pensò Cesare. "Ormai so da che parte devo cominciare."

"Che c'è?" domandò Candida. "Non ti aspettavo."

"Niente," disse Cesare. Posò il cappello sul tavolo di lei, sedette. "Un particolare da chiarire. Soltanto."

Essa prese il cappello di lui e lo depose su una sedia. "Cesare, non fare sempre così. Ci avveleniamo le giornate per niente. Sentiamo l'ultima." Era paziente e affettuosa, di un affetto e di una pazienza astratti però, teorici.

"È proprio l'ultima," disse Cesare. "Credo di sì. Vorrei sapere perché è stato disdetto il contratto d'affitto del negozio in San Babila. Cioè lo so, me lo ha spiegato tuo cugino, ma vorrei saperlo da te."

Candida rispose semplicemente: "Perché per il momento ho deciso di sospendere l'apertura della libreria."

Paziente, Cesare disse: "Il contratto è stato disdetto proprio tre giorni fa, senza che io ne sapessi nulla. L'altro ieri tu parlavi ancora di comprare una intera biblioteca. Perché me ne parlavi se avevi già fatto disdire il contratto?"

"Vedi, Cesare," spiegò Candida, "eri così infervorato che non ho avuto il coraggio di deluderti."

"Anche per idiota mi prende," pensò Cesare, e infatti Candida aveva parlato con tono distaccato, come se non le importasse nulla di essere creduta o no.

"Grazie, sei molto cortese," disse Cesare con freddezza, non aveva voglia neppure di fare dell'ironia. "Soltanto avrei preferito essere avvisato. Quest'oggi sono andato a vedere il negozio col mobiliere per discutere sull'arredamento e non mi hanno neppure lasciato entrare. Il negozio era già stato affittato a un altro, senza che io ne sapessi nulla. Sono andato subito da tuo cugino."

"Che cosa ti ha detto?" domandò Candida. Lo aveva quasi interrotto, benché non lo seguisse con molta attenzione e guardasse ogni tanto la lettera incominciata.

"Mi ha detto qualche cosa che solo lui poteva dirmi, e allora ho finito per prenderlo a schiaffi."

Candida rimase calma, la notizia non la impressionò minimamente. La lunga stagione al mare l'aveva molto abbronzata, nel bruno terra calda del suo volto due grandi laghi verdi fissavano il mondo senza stanchezza ma senza interesse. "Che cosa ti ha detto?"

Egli abbassò il capo e si guardò la cravatta con attenzione: "Mi ha chiesto se credessi veramente che tu avessi mai avuto intenzione di aprire una libreria," disse, pacato, alzò gli occhi, la fissò. "Allora gli ho chiesto che cosa volesse dire perché non lo capivo, ed egli mi ha risposto di non fare l'ingenuo. La libreria, ha detto, sarebbe stata un tuo pretesto per, diciamo così, far conoscenza con me. Ora che ci siamo conosciuti abbastanza, tu lasci cadere il pretesto, disdici il contratto d'affitto del negozio e arrivederci." Cesare finì dopo una pausa. "Così l'ho preso a schiaffi. Ora si tratta di sapere se è vero ciò che mi ha detto."

Candida giuocava con la penna stilografica. "Tu non sai capire le persone. Arturo si diverte a fare il cinico e tu non lo capisci," ora il suo tono era più cordiale, accomodante. "Ti ha detto così perché gli piace scandalizzare la gente. Se ti avesse detto che ero innamorata di te e che per vincere la tua scontrosità, per poterti stare più vicina, vederti più spesso, io ho pensato alla libreria, così, perché sapevo che ti faceva piacere, tu, invece di prenderlo a schiaffi, ti saresti commosso per questo ingenuo espediente di una donna che vuole bene. Invece Arturo chissà come ti ha spiegato la cosa, si è divertito a descrivermi come una donna fatale, una di quelle di cui si parlava nei romanzi del dopoguerra, che attirano gli uomini nei loro tranelli, li rovinano e quindi li buttano via. Tu Cesare non sai ancora vedere le cose obiettivamente. Devo fare il solito paragone: sei un cavallo ombroso, non ragioni abbastanza, vivi così, sempre con un nodo nella gola per la commozione, o stringendo i denti dalla rabbia. Io ti voglio bene, così come sei, franco, impulsivo, ma qualche volta devi pur ragionare. Che cosa è successo di grave? Ho abbandonato la storia della libreria perché quel lavoro non m'interessa e non mi frutterebbe, vedi che sono sincera, e perché, anche, ti avrebbe rubato troppo tempo e non ti avrei avuto vicino che raramente. In quattro mesi siamo andati solo una volta a Como. Al mare ho dovuto portare mio cugino perché tu eri disperato, volevi trovare il negozio in centro e non ti concedevi riposo finché non l'avessi trovato. Fra la tua libreria e questa nuova che si stava per aprire, ti vedevo solo la sera; a cena, stanco, col pensiero lontano da me. Che bisogno abbiamo noi due di una libreria? Nessuno. Mi dispiace soltanto che tu sia andato al negozio senza sapere che era stato disdetto il contratto, è stato un errore che ho commesso per lasciarti il più possibile un'illusione, e vedi che sono sempre sincera parlandoti in questo modo. Ora perché arrivi qui con quel viso tirato, quello sguardo pungente, quella falsa calma che non inganna nessuno? Per così poco?"

Si era intanto alzata, aveva preso un cioccolatino da una scatola e lo svolgeva dal suo involucro dorato. Finito di parlare lo mangiò. Egli guardava in terra, guardava le sue pantofole con un alto tacco, il piede nudo usciva davanti e dietro con incredibile grazia, come una cosa viva da un nido di morbida pelle.

Questa volta, benché non lo volesse, la sua ironia fu spontanea e non poté nasconderla. "Ah," disse. "Ah, non lo avrei mai immaginato."

"Non essere così cocciuto, Cesare." Essa aveva finito di

mangiare il cioccolatino, ora parlava come una sorella verso il fratello piccolo. In piedi guardava lui seduto, senza sorridere, ma senza freddezza, quasi con l'aria di un maestro che spiega con pazienza un problema di geometria, che mille volte ha spiegato, e pure lo fa senza annoiarsi, anche se non si diverte. "Dimmi che cosa devo fare. Vuoi che si apra la libreria? Ebbene, l'apriremo. Non è ragionevole, perché un negozio in centro, fra spese e tasse, non mi sembra possa rendere come il tuo. Nel tuo le spese sono limitate e tu ti accontenti di poco guadagno. Ma anche se non è ragionevole, avanti, apriamo il negozio, può darsi anche che vada bene. Non avrò il piacere di vederti mai perché sarai sempre fra i tuoi libri, ma pazienza. Di più non so che dirti per farti capire che nessuno ti ha voluto tradire biecamente, come pensi tu, nessuno ti prende in giro, nessuno attenta a te o a qualche cosa di tuo."

Egli finalmente accese quella sigaretta che voleva fumare da molto. Era calmo, un pozzo di calma, un abisso, "C'è un piccolo particolare," disse. "Un altro piccolo particolare. Io non sapevo di questo retroscena sentimentale a proposito della libreria. Convengo che tuo cugino Arturo ha ragione, dovevo accorgermene, sono stato ingenuo. In quattro mesi mi hai appena lasciato affittare il negozio vuoto, tutti i pretesti per procrastinare, per perdere tempo sono stati buoni. Ma, se io fossi stato avvertito, non avrei comprato a mio nome quindicimila lire di libri. Cinquemila le ho pagate subito, per le altre dieci vi sono due fatture a trenta e a sessanta giorni."

Essa disse subito, dolcemente: "Prego, Cesare, quei libri sono naturalmente a mio carico."

"Non dai prova di essere molto comprensiva, Candida,"

mormorò Cesare. "Sapevo bene che mi avresti risposto subito così. Ma spieghiamoci bene: io non ti ho parlato dei libri perché tu pagassi le fatture. Volevo soltanto dimostrarti quali conseguenze possono nascere dai, chiamiamoli così, tranelli amorosi di una donna che vuole bene, come dici tu." Un grande, profondo pozzo di calma, nessuna pietra buttata in quel pozzo avrebbe suscitato il minimo movimento. "E resta anche da vedere questo bene di cui parli tu. Ma se io ti parlassi di questo bene tu diresti che sono un cavallo ombroso, che vedo pericoli dappertutto, e così mi limito soltanto ad accennare a tuo cugino. Egli è certamente più adatto a te di me. Si diverte a fare il cinico e io no. Sa considerare le cose con quella calma che tu preferisci e io no e non è ingenuo come me. Pensa che io avevo dei rimorsi, è la parola giusta, rimorsi. Pensavo che noi dovevamo essere soltanto due soci in un affare e non due innamorati, perché essendo innamorata tu non avresti badato bene ai tuoi interessi, e cercavo di star lontano da te, non solo perché ero occupato, ma anche per non aumentare l'ascendente che credevo di avere su di te, perché dimenticassi l'amore e pensassi solo agli affari. Questi erano i miei rimorsi. Non potevo immaginare che non t'importasse affatto della libreria."

"Cesare," disse Candida. E per il momento non disse altro. Chiuse la penna stilografica, piegò la lettera che non aveva finito di scrivere. "Tu non hai mai avuto fiducia in me, io lo so. Anche nei migliori momenti hai sempre dubitato di me."

"Non credo di aver sbagliato," rispose Cesare. "Ma del resto adesso la situazione è chiara. Volevo sapere se tuo cugino diceva la verità e l'ho saputo. Non mi resta che salutarti."

Si era alzato ma non se ne andava. Essa mormorò, questa

volta quasi duramente (eppure, s'intuiva, di una durezza voluta): "Smettila, sei ingiusto." Egli andò a sedere su un'altra sedia, lontano da lei. "Sono anche ingiusto," pensava. "Sono ingenuo, e ingiusto. Bene, meglio così." Ma non le disse nulla. Solo, quell'andarsene via del quale aveva parlato non gli era facile. Non stava bene, lì, né Candida lo interessava, ma non si muoveva quasi per pigrizia, o forse per non sembrarle troppo drammatico con un'uscita violenta. E pensava con sorpresa a quello che provava per Candida fino a cinque minuti prima. Amore no, ma affetto. Era stata così materna, quasi, al principio, quando egli le parlava di Benedetta, che la sua diffidenza verso di lei si era velata, in certi giorni poteva sembrare scomparsa. Ma sempre v'era stato, anche nell'affetto, qualche cosa che non gli permetteva di abbandonarsi mai, ora sapeva che cos'era, non tanto quello sciocco tranello della libreria, ma la mentalità di lei che era stata capace di idearlo, tutta quella mentalità così diversa dalla sua, così estranea. Si sorprendeva anche di averle voluto bene, forse quest'effetto si spiegava con la sua bellezza, quella dolce morbida bellezza che attraeva senza urti.

"Io vado," le disse. Si alzò di nuovo, andò a prendere il cappello sulla sedia dove essa lo aveva posato. Candida lo lasciò fare e il suo silenzio, la tranquillità di lei lo irritarono d'improvviso, una fiammata. "Ed è inutile che prendi quelle pose da persona superiore," scattò. "Non ti resta proprio altro che star zitta."

Essa accese la lampada che era sulla tavola, perché cominciava il crepuscolo, le luci nella stanza si erano smorzate, le ombre fuse, i mobili e gli oggetti ammorbiditi su uno sfondo polveroso. "Sto zitta, infatti," disse.

"Comodo!" egli fece con asprezza. "Comodo come tutta la

tua vita è comoda. Hai troppi soldi, troppe poltrone per affaticarti a capire gli altri, a rispettarli. E quando qualcuno ti chiede ragione di quello che fai, allora stai zitta." Andava battendo con le palme sul divano, su una poltrona, sul tavolinetto. "È su questi divani, in queste case, in mezzo a tutte queste comode cose che ci si forma una mentalità come la tua. Non hai mai lavorato, non hai mai dovuto aspettare la fine del mese per poterti comprare qualche cosa di utile o di necessario, fabbriche o librerie per te non sono che un pretesto per riempire la giornata, non per lavorare. Per te di difficile non c'è che il problema di arrivare a sera senza esserti annoiata; e allora non parlare di bene, o di amore, anche questo per te non ha nessun valore se non quello di aiutarti a non sentire la noia."

Candida chiese: "È molto tempo che pensi così di me?"

"Da quando ti ho conosciuta, da sempre, per qualche mese ho pensato di essermi sbagliato, ma diffidavo ugualmente, e adesso so che avevo ragione," rispose egli.

E siccome essa non parlava, egli continuò: "Poi sarebbe curioso domandarti che cosa fa questo onnipresente cugino, sempre intorno a te, e mai intorno alla fabbrica, a Como. Del resto non hai bisogno di rispondermi, dovevo averlo capito da prima, se fossi stato davvero un cavallo ombroso e non uno sciocco, come sono: aspetta il giorno che tu gli farai la grazia di sposarlo, e sa aspettare con eleganza, tanto non gliene importa molto di te, come a te non importa di lui. Si tratta solo di un accordo commerciale che verrà perfezionato con comodo delle parti, non c'è né amore, né affetto, né simpatia fra di voi, siete incapaci di ogni sentimento e per questo state benissimo insieme. E anche per questo trovate molto facile organizzare una bella burla come quella della libreria e vi meravigliate freddamente se colui che patisce la burla grida e protesta. Perché protestare? Non è tutto un giuoco? E se proprio ci tieni alla libreria, eccoti caro la libreria, e se hai speso dei soldi, eccoti caro i soldi, tanto ne abbiamo, ma non fare scenate, ti prego, non prendete le cose sul serio, non è intelligente." Cesare tacque, un po' più leggero. "Gliele ho dette, gliele dovevo dire, non è per la libreria, è perché la parte di pupazzo non la voglio fare."

"Hai un fiammifero?" chiese Candida, dopo una lunga pausa. Egli si cercò nelle tasche, ma non trovando subito rispose secco: "No. Hai l'accendisigari sul tavolo."

Serena, gli rispose: "Non c'è benzina."

Egli arrossì della sua villania inutile. Cercò meglio la scatola dei fiammiferi, le si avvicinò e le accese la sigaretta: "Scusami, Candida."

"Caro, non è nulla, capisco." Lo teneva per un lembo della giacca che andava accarezzando, e sorrideva a lui in piedi, un leggero, chiaro sorriso. Non voleva guardarla, sapeva molto bene che qualche cosa si era spezzato per sempre, se pure era mai esistito questo qualche cosa, e che era inutile tentare di riallacciarlo, illudersi che potesse rivivere. E non la guardava, quindi, ma vagava con l'occhio qua e là, stanco, dopo il breve intenso sfogo di poco prima. Vide l'accendisigari rotondo sulla tavola, lo prese, lo fece funzionare. La cupoletta di metallo scattò, la fiamma si accese luminosa. Strinse le mascelle, quel gesto che Candida trovava ridicolo, posò l'accendisigari acceso sulla tavola. "Ah, hai detto che non c'era benzina," le prese la mano che gli accarezzava la giacca, la scostò da sé.

Essa rise, un po' di fumo le andò in gola e tossì. Tossendo

disse: "Ma Cesare, volevo che ti avvicinassi, stavi così lontano che non si poteva fare a meno di litigare." Tornò, senza alzarsi dalla sedia, a prenderlo per la giacca e a tirarlo a sé. "Siediti."

Ancora una volta egli si liberò dalla sua mano, guardò la fiamma dell'accendisigari, disse: "No, vado." Era ancora depresso, come prima. "Ho chiesto qualche preventivo per i lavori alla libreria. Quando me li manderanno te li trasmetterò perché li ho chiesti a tuo nome. Arrivederci."

Quando si volse per andar via, Arturo Soresi era sulla porta. Lo rivide come due ore prima, a casa di lui. S'era preso lo schiaffo senza dir niente al momento, senza che lo sguardo gli si fosse oscurato per l'odio, forse neppure di odio era capace. Anzi aveva sorriso un poco, e non con ironia, o con rabbia, ma con tranquillità, come chiedendosi: "Ma che cos'è uno schiaffo?" Poi cercando le sigarette in tasca e, senza spavalderia portandone una alle labbra, aveva detto: "Non prendere le cose tanto sul serio, non ne vale la pena." E adesso era lì, il cugino.

Candida si alzò e gli andò incontro. "Ne combini sempre qualcuna," disse aspra, "cos'è che sei andato a raccontare a Cesare?"

Cesare alzò le spalle. "Permetti," fece a Candida, ma essa lo trattenne. "Un momento, ti prego."

Egli bollì ancora. "Insomma, non me ne importa niente delle vostre recite, che cosa mi ha detto o non mi ha detto, adesso basta, ne ho fin sopra i capelli. Arrangiatevi tra voi due e lasciatemi andare."

Essa si era messa davanti alla porta e sembrava non ascoltarlo. "È successo un finimondo per colpa tua," diceva al cugino, irritata. "Le mie faccende me le sbrigo da me, tu pensa alle tue."

Arturo la guardava fermo, apatico, noncurante. “Colpa mia? Mi viene a domandare com’è la storia del contratto disdetto e io glielo spiego, lui mi dà uno schiaffo e io me lo prendo. E adesso è anche colpa mia.”

“C’è modo e modo di spiegare le cose,” disse Candida. Poi si volse a Cesare che stava irrigidito davanti alla porta sbarrata da lei: “Andiamo, finiamo questo scherzo, Cesare. Facciamo la pace tutti e tre e andiamo a cena.” Improvvise impennate d’ira, improvvise cadute nell’indifferenza si succedevano nell’animo di Cesare. Adesso era già di nuovo troppo calmo. “No,” disse quasi cordialmente, “devo andare. Non è per non fare la pace.”

“Su, non essere caparbio, vieni,” insisté Candida.

“E che me ne importa della libreria?” pensò Cesare. “E perché devo discutere? Tanto è finita.” Sorrise, ma era solo una mossa meccanica delle labbra: “Su, sbrigati a prepararti,” disse a Candida.

Fisicamente egli passò la sera con loro, fece la pace col cugino, mangiò al Boeucc e parlò con Candida o con Arturo. Ma era lontano, non in un altro luogo preciso, definito, ma in più luoghi. A volte era con Benedetta, stava seduto su una panchina, accanto a lei sulla carrozzella e l’ascoltava dire che non poteva più sposarla, che non voleva essere sposata. Allora l’angelo che era nella sua anima volava altrove, ecco, era con don Marsi, discuteva per la stampa del catalogo. “Voi siete matto don Marsi, vi sono diecimila tipografi a Milano, capisco tutto, ma non posso far stampare il catalogo da quello lì. Se avessi la libreria a Napoli non lo farei stampare a Milano.” Poi ancora l’angelo volava e la memoria si affollava di ricordi, ed egli era dappertutto tranne che lì, al Boeucc, con due esseri viventi appartenenti al genere umano, uno di sesso femminile che si chiamava Candida, l'altro di sesso maschile rispondente al nome di Arturo: dappertutto tranne che lì. Lì non era, assolutamente; per caso vi stava il suo corpo, ma il suo io no.

Ma anche questo stato d'animo passò. Accadde qualche cosa che forse pesava nell'aria da tutto il pomeriggio. Usciti dal Boeucc erano andati in un altro locale del centro ad ascoltare un po' di musica, poi avevano accompagnato a casa Candida. Sul portone Candida aveva insistito perché salissero a bere qualche cosa. Non volendo discutere Cesare aveva detto di sì. Per le scale Arturo raccontò a Candida che aveva fatto ingrandire le fotografie che le aveva preso al mare, in costume. Cesare era sempre altrove, non lì, per quella scala, al seguito di quelle due cose che salivano le scale davanti a lui, ma le frasi di Arturo sulle fotografie di Candida lo fecero per un momento impennare di nuovo.

"Parla più pulito di lei e delle sue fotografie," gli disse. E un altro suo io si domandava: "Ma che me ne importa di come parla delle fotografie di sua cugina? Che me ne importa di tutti e due?"

Arturo finì di salire gli ultimi gradini, arrivò sul pianerottolo, si volse a Cesare: "Be', parlare parlo come voglio," disse pacato.

Cesare con una manata gli buttò via la sigaretta che egli teneva tra le dita, gli dava fastidio vedere come fumava, come fissava con meditata attenzione, assorto, la cenere della sigaretta, era evidente che nulla era più importante per lui di quella sigaretta, della cenere che progrediva, dello smorto rosso lucore della brace. E dopo avergli buttata via la sigaretta lo prese per i baveri della giacca e lo scrollò. "Secondo le occasioni parlerai come vuoi. E secondo gli argomenti. Questa sera parli come voglio io, quando parli di lei."

"Ora basta," disse Arturo, si liberò con uno spintone e Cesare fece tre o quattro gradini, all'indietro, senza cadere, solo urtando contro il muro, in fine cadde, ma si rialzò subito e volò contro di lui.

Candida riuscì a dividerli. I due non avevano alzato la voce un momento, neppure quando si picchiavano, e questo era importante per lei.

"Entra che ti fascio la mano," disse Candida a Cesare, "ti sanguina."

Egli se la guardò, era un'escoriazione, non molto profonda. Arturo invece si tamponava il naso col fazzoletto. Entrarono in casa di Candida, essa li portò nel bagno dove aprì la cassetta di medicazione. Fasciò la mano di Cesare, fermò il sangue al cugino e finito li guardò mentre si rimettevano a posto gli abiti e le cravatte e si mise a ridere.

"Finché non ve le siete date non siete stati contenti."

Arturo sorrise. "Io non ne avevo nessuna voglia, è lui che l'ha su con me."

Bisognò ancora che Cesare bevesse con quei due messeri, e facesse una seconda volta la pace con Arturo e dicesse qualche frase e mentisse a Candida promettendole di andare a Como con lei l'indomani, mentre in quel grigio smarrimento in cui si trovava una sola cosa era certa: che egli non l'avrebbe rivista mai più, mai avrebbe rivisto Arturo, mai sarebbe tornato in quella casa.

"Ora è tardi, vado," disse Cesare.

Arturo si alzò insieme con lui. “Vengo anch’io.”

Sulla porta che dava nel corridoio Candida trattenne Cesare per un braccio.

“Allora domattina passo a prenderti con la macchina, verso le nove.”

“Sì.”

Essa gli porse le labbra, egli la baciò come sempre, come le altre volte, perché non dubitasse di nulla e fosse contenta di aver vinta la partita, di aver domato il cavallo ombroso. “Pensi pure quello che le pare.”

In anticamera, aprendo la porta, disse scherzosa, Candida: “Adesso non datevele un’altra volta appena rimanete soli.”

Sorrisero. Anche Cesare, naturalmente, e perché non doveva sorridere? Poi scese le scale con Arturo e fu in strada con lui. Richiuse il portone, dette la chiave ad Arturo.

“Tienila tu,” rispose l’altro. “La vedi prima di me.”

“Io non la vedrò per niente,” mormorò Cesare. “Anzi, se vuoi evitarle un gita inutile, avvertila di non venirmi a prendere domattina alla pensione perché non ci sarò.”

“Ah,” fece Arturo. Prese la chiave del portone che Cesare gli tendeva. “Potevi dirglielo da te, adesso penserà che la colpa è ancora mia, come oggi.”

“E allora non dirglielo.”

Arturo accese una sigaretta, passando attraverso il naso ferito il fumo aveva uno strano sapore. Disse: “Io ero come te quando avevo quindici anni.”

Cesare camminava verso San Babila e l’altro lo seguiva. Non rispose, non lo interessava minimamente che quella cosa che gli stava appresso fosse stata come lui a quindici anni. E l'altro allora parlò ancora: "Io l'avevo detto a Candida che tu avresti presa la cosa in questo modo. Non c'era bisogno di arrivare al punto di affittare un negozio per poi disdire subito il contratto. Ma lei è testarda."

Erano arrivati in San Babila. Cesare disse: "Buonanotte," e voltò improvviso, allungando il passo. Arturo rimase indietro, si fermò, stette a guardarlo e poi guardò la sigaretta che teneva tra le dita. Era tardi, il largo era deserto e solo le luci del Donini rosse e azzurre brillavano nel buio con la scritta "Bottiglieria del Leone". Arturo vide la lunga porzione di cenere cadere e lasciare scoperta la grossa brace della sigaretta. Aspirò ancora una boccata poi entrò al Donini.

Cesare era già davanti alla chiesa di San Carlo. Camminava svelto, le mani nella tasca del soprabito. Non vide quasi nulla di tutta la strada fatta fino alla pensione. Quando suonò e Stefano gli venne ad aprire, si dimenticò anche di dargli la mancia. In camera sua si mise subito a letto, l'unica preoccupazione che aveva era quella di svegliarsi prima che Candida venisse a prenderlo con la macchina.

Alle sette era già in piedi. Andò quasi subito in libreria, aprì lui stesso il negozio e stette lì, sotto la luce troppo viva dei tre globi, in quel vivo odore di carta vecchia. Aveva tanto desiderato avere una libreria, ora l'aveva e non era felice. Era ingiusto. Doveva fare uno sforzo, doveva tornare come prima; fuori di lì, fuori di quel negozio, non v'erano che sofferenze e finzioni e anche indegnità. Solo lì tra i libri c'era qualche cosa di vero, non tutto, certamente, non tutto ciò che è stampato è vero o buono solo perché stampato, ma v'era sempre qualche cosa di meglio che fuori.

Intanto bisognava risolvere un grave problema. Era senza

un soldo e aveva diecimila lire di fatture da pagare. Per comprare quei libri, per accaparrarseli per la nuova libreria, aveva dato fondo a tutti i soldi che aveva ed erano rimaste ancora diecimila lire da pagare. Come?

Rivendere i libri comprati, subito. Ma questo significava rivendere, con inevitabile deprezzamento, una merce non ancora pagata. Non era onesto ed era pericoloso, nel piccolo mondo del commercio librario tutti si conoscevano, tutti sanno l'uno dell'altro, quindicimila lire di libri non sono una partita che si possa vendere, così, senza che nessuno lo sappia. Conosceva un brubrù, presentatogli da Gattoni, un uomo che comprava e vendeva tutto, ma di un oggetto che valeva mille offriva cinquanta e pagava dopo la vendita. No: niente da fare.

Niente da fare neppure con lo zio. Sarebbe stato capace di tutto meno che di chiedergli ancora denaro; gli uomini forse non sono cattivi, ma quando lottate per riuscire in un'impresa stanno a guardarvi senza impegnarsi, vi guardano con un certo scetticismo, vi augurano forse di riuscire, forse vi aiutano, ma in cuor loro pensano: "Mah!...", un terribile mah che inaridisce ogni solidarietà, che ci lascia soli, che ci fa lottare a denti stretti pur di riuscire, pur di non cadere vinti e sentirsi dire: "Mah, diamine, te l'avevo, detto che sarebbe andata a finire così." Naturalmente, se si riesce, allora dicono: "Io lo sapevo che avresti fatto strada." Mio Dio, suo zio non era proprio così, ma tutti siamo un poco così.

Penosi momenti. Non erano ancora le otto, Domenico, il fattorino, non era ancora venuto. La sua mente, stanca, arida quasi, cercava una soluzione dello spinoso problema. Il fratello di Marta. Girò intorno a questa idea, rivide il muscoloso volto di Giovanni Selline, il fratello di Marta. Sembrava fatto completamente con lunghi fasci di muscoli, dalla testa ai piedi. Quando sedeva, i calzoni tesi sulle cosce lasciavano trasparire i muscoli, muscoli trasparivano dalla manica della giacca quando piegava il braccio, lo stesso viso era un ordinato intrico di strisce muscolari. Non aveva naturalmente diecimila lire, ma i suoi soci sì, o qualche altra persona amica. Giovanni Selline aveva del credito, gliele avrebbe certamente trovate, e ancora più certamente non gliele avrebbe rifiutate. Unico scoglio, la sorella. Farsi rivedere a casa loro, riallacciare una conoscenza che era stata abbandonata, voleva dire far pensare a Marta quello che egli non voleva pensasse. Non c'era altro da fare, però. Gliele avrebbe restituite a mille lire al mese. Quindi, occorreva fare tutte le possibili economie. Il fattorino era inutile che rimanesse tutto il giorno. Domenico era molto bravo, si dedicava con passione al lavoro, ma bisognava risparmiare sul suo salario per assicurarsi il denaro da restituire a Giovanni.

Si liberò subito l'animo dalla penosa fatica di avvertire Domenico che a cominciare da sabato lo avrebbe potuto tenere solo per due ore al giorno: il tempo di aprire il negozio e fare pulizia.

"Me dispias," disse Domenico, mi dispiace, era davvero giù, appena sentì la notizia. E per un po' non disse più nulla, ma, mettendo a posto l'enorme catasta di libri in fondo al negozio (quei libri che dovevano servire per la nuova libreria) disse: "Podi minga lavourà domà do our al dì, l'è minga assé per tiràa inanz." Non posso mica lavorare soltanto due ore al giorno, disse, non è abbastanza per andare avanti. E disse ancora che doveva cercarsi un altro lavoro, ma che gli dispiaceva molto.

Non c'era da obiettare nulla, aveva più che ragione. E così sabato egli sarebbe rimasto di nuovo senza fattorino, e sabato era l'indomani. Domenico avrebbe voluto restare finché egli non ne avesse trovato un altro, ma Cesare rifiutò, non voleva proprio approfittare.

"Ora io vado," gli disse. "Se viene una signorina con la macchina a cercare di me, dille che sono partito improvvisamente. Hai capito?"

"Sissignore."

Uscì e telefonò al fratello di Marta. "Avrei bisogno di parlarti, per un affare."

"Vieni stasera a casa mia," rispose Giovanni.

Lo immaginava, che altro poteva dirgli Giovanni? Ma avrebbe voluto evitare di vedere Marta. Eppure rispose: "Allora stasera."

Quel resto di giornata fu un pozzo grigio in cui cadde senza poter reagire, a poco a poco. Ritornò in libreria verso le dieci, si mise dietro la scrivania con l'intenzione di riordinare i registri e le carte, da molto tempo trascurava quel lavoro, da molto tempo non leggeva più un libro. Tra il lavoro per la sua libreria, per la nuova, e Candida, le sue giornate erano scivolate veloci nel tempo, intense ma senza pace. Quando voleva avere un negozio di libri aveva pensato invece di vivere in pace. Facendo uno sforzo su se stesso si mise al lavoro. E nella cartella della corrispondenza, insieme con poche lettere d'affari, ecco le due lettere di Benedetta. Egli sapeva benissimo che si trovavano lì, lo sapeva da sempre e ogni momento, anche se non voleva pensarci.

Due sole lettere in quattro mesi. "Caro Cesare, molte cose non si possono dire a parole, ma forse neppure per iscritto. Ho pensato che dobbiamo cercare di capirci senza parlare, senza scrivere. Io sto bene, veramente, anche con lo spirito, ma non voglio ancora che tu venga qui. Cristina ogni tanto mi porta tue notizie, tu mi scrivi, e questo mi fa tanto piacere, ma non voglio vederti, sei l'unica persona che non voglio vedere, avere vicina. Pensavo di avere molte cose da dirti, ma vedo che ti ho sempre scritto soltanto questo, perché avevo paura che tu venissi all'improvviso a trovarmi. Io spero che tu capisca, Cesare. Anche papà sta bene, e viviamo una vita tanto diversa, ma forse migliore che a Milano. Lui sta scrivendo una memoria per la Società di Scienze Storiche, un faticoso lavoro sul Risorgimento che lo appassiona moltissimo, io leggo nel pomeriggio, alla mattina, alla sera, sempre. In questi giorni sto facendo il corredino per un bambino che deve nascere alla figlia della nostra padrona di casa, quella che ci affitta la villetta. Quando viene Cristina papà me la ruba sempre per giuocare a scacchi con lei e sono contento di vederlo tornato normale, ancora un mese fa mi preoccupava. Ma ora siamo tutti tornati normali, non è vero? Anche tu Cesare, non scrivermi più lettere come l'ultima, devi star calmo, pensare anche tu alla volontà del Signore; e non sorridere Cesare, perché tu sai che io credevo anche prima. Io ti scriverò ancora, ma non spesso, non ti aspettare presto risposta da me quando scrivi. Basta solo qualche parola ogni tanto per sapere che tutto va bene. Con tanto affetto, Benedetta."

Non sorrideva. Aveva pensato anche lui alla volontà del Signore, tante volte. Il Signore ha dato, il Signore ha tolto, sia fatta la volontà del Signore. Capiva perché Benedetta non lo voleva vedere, capiva perché si fosse rassegnata, e capiva pure che tutto ciò era bene: che non si vedessero e che ogni cosa tornasse alla normalità. Questa è la forza dell'uomo, non è vero? Niente lo uccide, per uno che muore dieci vengono alla vita, per uno che dispera cento hanno fede nell'avvenire, per uno che incrocia le braccia mille lavorano, costruiscono, fabbricano alacremente. Le ruote di tranvai, però, possono cambiare il nostro destino. "Ma forse solo apparentemente," pensò.

Seconda lettera. "Caro Cesare, Cristina mi dice che stai lavorando per aprire una nuova libreria per conto di quella Scirò. Sono tanto felice che il lavoro vada bene, quando mi scriverai informami, non mi parli mai del tuo lavoro o di te, parli sempre di me nelle tue lettere. Aspetta che te lo dica io per venire a trovarmi. E poi io sono diventata una vecchietta viziata e capricciosa, non sono affatto come mi descrivi nelle tue lettere, tu sei sempre un ragazzo romantico. È nato il bambino, la figlia della padrona di casa sta bene, abbiamo fatto una piccola festa e il marito della puerpera mi ha fatto ridere non so quanto per le sue apprensioni riguardo alla moglie. Cristina che ti porta questa lettera torna a Milano per cercarsi un posto, se hai occasione vedi di aiutarla: un lavoro di poca fatica e molto redditizio, cioè una cosa impossibile. Ma il fatto è che ha bisogno, ma non può lavorare molto per causa del suo male. Spero che la tua prossima lettera sia più tranquilla. Con tanto affetto, Benedetta".

In quattro mesi soltanto queste due lettere e poche notizie avute da Cristina, sempre seguite dal ritornello: "Ma non andare a trovarla", tanto che negli ultimi tempi egli sfuggiva al pensiero di Benedetta, non voleva ricordarla, preferiva lasciare tutto nel buio doloroso della sua memoria, là dove vi sono i ricordi che non si vogliono ricordare, le sofferenze che abbiamo dimenticate, le gioie godute che non riusciamo a rammentare.

Là stava il pensiero di Benedetta, ma sempre urgente, incalzante, tanto che appena si ritrovava solo, in un momento di quiete, questo pensiero ritornava vivissimo: "Eccomi, sono qui, non mi hai dimenticato, non hai potuto andare lontano da me, tu devi pensarmi, tu devi pensare a Benedetta".

Mise le lettere in tasca, lavorò, quando ebbe finito cercò un libro per interessarsi a qualche cosa che non fosse Benedetta. Era solo in negozio, Domenico era andato a pagare la luce, nessun cliente entrava, nessuno si fermava davanti alla vetrina, l'autunno incombeva anche nel mondo dei libri, la gente pareva vivere nel rimpianto dell'estate, non ancora assuefatta all'idea di trascorrere le sere in casa leggendo. Vedeva illanguidirsi la vendita proprio nel momento in cui ne aveva più bisogno. "Va sempre così, adesso che mi servono soldi nessuno compra niente," pensava. In quel mese, per due giorni di seguito non aveva incassato letteralmente nulla. Un giorno aveva venduto per venti lire di libri soltanto, guadagnando quattro lire con le quali doveva pagare la giornata di Domenico, la luce, l'affitto, le tasse, e vivere lui. E Benedetta era sempre laggiù a Desenzano, sulla carrozzella, aveva lavorato a un corredino e gli scriveva di non andare, di star tranquillo.

Venne presto sera. Andò a mangiare a caso in una trattoria in corso Italia. Da tre mesi mangiava con Candida, quasi tutte le sere, spesso a casa sua, ma spesso anche fuori, e ogni volta che mangiavano fuori era uno sbilancio per lui. Del resto tutto era stato uno sbilancio. Il padrone della trattoria, un grosso toscano, cacciatore, volle attaccar discorso con lui, gli parlò del cane che gli era fuggito, o lo avevano rubato, chissà, un cane che a caccia faceva miracoli, dalla mattina girava per ritrovare il suo cane, era andato dappertutto dove si va per chiedere di un cane sperduto, ma niente di fatto.

"Ognuno ha le sue, questo ha il cane," pensò Cesare, senza sorridere dell'ansia del grosso cacciatore.

E poi andò a casa di Giovanni, come era rimasto d'accordo la mattina. Marta gli venne ad aprire. Dall'ordine che era stato fatto in casa non era difficile immaginare che Marta lo attendeva, non c'era una virgola fuori di posto, l'odore di cera per pavimenti si confondeva con quello che essa si era spruzzata addosso. Sulla credenza in sala da pranzo alcuni piattini coperti facevano intuire altri affettuosi preparativi per la sua venuta. Peccato che egli andasse a trovare la gente soltanto quando aveva bisogno di soldi.

"E Giovanni?" domandò Cesare.

"Non è ancora tornato, ma mancherà poco," rispose Marta.

In cucina si sentiva un discreto rimestio; anche la domestica stava preparando qualche altra cosa per lui. Bene, bene, peccato però, eccetera. Avrebbe voluto alzarsi e andarsene via subito. Perché la gente si affezionava a lui quando egli non poteva ricambiare nulla?

Marta lo condusse sul balcone. Era una casa nuova all'ultimo piano, che dava in via Pacini. Dal balcone si vedeva il viale, le rotaie del tram, come da una pianta topografica, i lampioni davano una luce diffusa interrotta regolarmente ogni tanto dalle zone di buio; in quelle zone di buio, come nel Nulla, sparivano i passanti appena lasciavano il grande cerchio di luce del fanale.

"Che cosa fai adesso?" gli chiese Marta.

"Solito."

Guardavano in giù, egli con una leggera vertigine, lei già

abituata, tranquillamente. Più che guardare giù essa ascoltava in sé la vicinanza di Cesare.

"Che sciocca sono," disse. "Compro tanti libri e non mi ricordo mai di comprarli da te," sorrise, e continuò: "forse è stato per non obbligarti a farmi uno sconto."

"Ma io non te l'avrei fatto," scherzò Cesare.

Accesero una sigaretta, la fumarono tutta in silenzio, poi rientrarono e chiusero la finestra perché davvero non faceva caldo. Marta gli versò un bicchiere di vermut e mentre lo versava diceva: "Mio fratello m'aveva detto di avvertirti che questa sera non sarebbe stato in casa per un impegno improvviso. Avrei potuto venire a dirtelo in libreria, ma avevo piacere di vederti e stare un poco con te. Se te lo avessi detto subito appena sei entrato saresti andato via."

Cesare esaminava il testo di una canzonetta che stava sul leggio del pianoforte. Una vecchia canzonetta, *Oggi il mio cuore è pieno di nostalgia*, le disse: "Vuoi suonarla?"

Essa si avvicinò al piano col bicchiere di vermut, sedette, accennò le prime note, poi domandò: "Hai ascoltato quello che ti ho detto?"

"Altro che," fece egli. Bevette, posò il bicchiere, serio, e ascoltò tutta la canzone. Poi, seduto accanto a lei davanti al pianoforte, cercarono altre canzoni che essa suonò, e così non parlarono, perché il terribile, per tutti e due, pareva che fosse parlare. Poi arrivò la cameriera con un budino fatto in casa, Marta levò due bottiglie di liquori dalla credenza, il mobile bar non era ancora arrivato, se non per nome, in quel tepido ambiente borghese, che qualche anno più tardi ne avrebbe voluto essere provvisto a costo di qualunque privazione.

"Molto buono," disse Cesare. Poi disse "Molto buono" anche del primo liquore e del secondo. E non disse nulla quando essa seduta sul divano appoggiò il capo sulla sua spalla.

"Vuoi andar via?" domandò Marta.

"No," rispose egli.

"Credevo che volessi andar via, che ti annoiassi a stare qui."

"No," ripeté Cesare.

Stava abbandonato e rigido nello stesso tempo, le braccia lasciate cadere sul divano, il busto eretto come pronto a scattare.

"È noiosa una donna quando ama un uomo che non la ricambia?"

"Dicono di sì."

"Per te è noiosa?"

Egli sorrise senza rispondere. Marta non si mosse, stava sempre appoggiata col capo sulla sua spalla, forse era già molto per lei che egli non avesse risposto: "Sì, è noiosa." Non aveva mai avuto ipocrisie con lei. Disse: "Sei innamorato di qualche donna, adesso?"

"Adesso" voleva dire dopo quello che è accaduto a Benedetta. Rispose: "No."

Poi disse scherzoso: "Sei la ragazza più sfacciata che abbia mai visto. Sei sempre tu che fai la corte agli uomini in questo modo? Dovresti vergognarti, ricordati delle nostre nonne che facevano cadere un fazzoletto in terra per farlo raccogliere dall'uomo amato."

E scherzando Marta rispose: "Quante volte ho lasciato cadere il fazzoletto in terra con te, ma tu non l'hai mai raccolto."

Egli le prese una mano. "Sciocca. Lasciami stare, ti pentiresti chissà quante volte di avermi voluto bene."

"Che me ne importa dei pentimenti," mormorò Marta.

Cesare si alzò perché sentiva che avrebbe dovuto baciarla, già il viso di lei si alzava insensibilmente verso il suo, ed egli l'avrebbe anche baciata, perché era bella.

"Vado," disse. "Stiamo avventurandoci per una strada molto pericolosa."

"Ah," fece semplicemente lei. Era stata in montagna durante l'estate, aveva scritto due volte una lunga lettera a Cesare, poi l'aveva stracciata. L'aveva scritta nella solitudine di un albergo frequentato da folli escursionisti che partivano all'alba, tornavano al tramonto affranti mentre lei stava al sole sulla terrazza che dominava un'immane vallata gremita di paesetti.

Ora pensava a quella lettera, pensava, aveva quasi sulle labbra le parole di quella lettera, parole che una donna come lei, una ragazza di famiglia non dice mai a un uomo. E naturalmente non disse nulla.

"Andiamo, Marta, ce l'hai con me?" fece Cesare prendendo un pasticcino che era sulla tavola. "Non mi diverte molto la parte del giovane collegiale."

"Ma no, caro, non ce l'ho con nessuno. Penso soltanto che voi uomini quando volete bene a una donna potete parlare, insistere, perseguitare, vi è permesso tutto. Noi no."

Egli si pulì le labbra col tovagliolo, guardava in terra, quasi accigliato. Le disse: "Lo so. Ma questo non avrebbe importanza. Quello che ha importanza è che gli uomini amano o non amano, così, a casaccio. Può darsi che fra qualche mese io mi innamoro di una donna che vale tre soldi, magari brutta e che per lei mi faccia venire l'insonnia. Come può darsi che tu, così fissata come sei con me, non ti accorga neppure di qualcuno che vale dieci volte più di me e che ti ama. È questo che è ingiusto. Da giovanotto correvo dietro a donne che non sentivano niente per me, che non valevano niente, che non mi dettero altro che freddezza e vergogna. Ma io correvo dietro a loro lo stesso. Che cosa ti posso dare oggi, io? Niente. Prima avevo Benedetta, adesso non ho più lei, ma vivo come in una bolgia, senza ordine e senza volontà. E poi mi sono accadute molte cose, ho qualche guaio, non sarei capace di voler bene a nessuno, non so neppure se ne sarò mai capace. Non potrei dare a nessuna donna che una specie di affetto, un surrogato, una cosa falsa. Oggi ho ancora l'onestà di non fare così, domani forse non m'importerà neppure e allora farò come fanno tanti che non lasciano cadere nessuna occasione, che corrono appresso a tutte. Forse gli uomini devono star soli, si vive meglio da soli, si è migliori da soli. Le donne è come se ci bruciassero, come se forzassero il motore della nostra vita ad andare troppo in fretta. Ma è questione che non siamo neppure capaci di star soli, e per sfuggire la solitudine donne e uomini si mentono quotidianamente. Io finirò per mentire a te, perché sei bella, perché una sera o l'altra avrò paura di star solo e non m'importerà di mentire pur di avere qualcuno, te o un'altra vicino a me che rompa la solitudine, i pensieri, le domande spesso penose che ci si fanno quando si è soli." Intanto che parlava era uscito dalla stanza, era andato in anticamera e aveva staccato l'impermeabile dall'attaccapanni.

Marta disse: "Non importa. Se una sera avrai paura di star solo..."

Egli la interruppe con severa dolcezza, mentre si allacciava la cintura: "Se lo dici ti do uno schiaffo. Una donna non deve dire mai queste cose, nessun uomo le vale. Figurati se le valgo io." Aveva finito di allacciarsi la cintura. "Allora quando ci sarà tuo fratello?"

"T'aspetta domani sera."

"Va bene."

La rivide l'indomani venirgli ad aprire la porta un attimo dopo aver suonato il campanello, come se per ventiquattro ore non avesse fatto altro che attendere il suono troppo squillante di quel campanello che significava: "Ecco, arriva." Ma chi arrivava? Semplicemente lui, Cesare. Dietro di lei v'era Giovanni, le mani nelle tasche dei calzoni, quella sua aria da pugile per il momento in riposo.

"Ciao, libraio, lo scrivono sul 'Barbanera' quando vieni a farci visita," lo accolse Giovanni, poi gli dette una bella stretta di braccio, fino a fargli male, stringeva e sentiva, palpava la carne sotto la stoffa dell'abito. "Non sei mica ingrassato in mezzo ai libri. Che cosa c'è?" gli chiese.

Lo portò in uno studiolo dove era chiaro che egli si tratteneva raramente.

"Mi servono un po' di soldi per certi libri che ho comperati. Era un buon affare e non potevo lasciarlo perdere." Con Giovanni bisognava parlare così, senza preamboli, anche se era faticoso presentare tutte le cose in quel modo, in piena luce, come sotto un riflettore da cinema.

"Quanto?"

"Diecimila. Naturalmente pago gli interessi. Restituzione a mille lire il mese."

Giovanni sedeva sul piano della scrivania, fumava, guardava il lampadario in mezzo al soffitto. "Io non le ho, devo parlare coi miei soci," disse. "Fra un paio di giorni posso darti la risposta."

Gli domandò poi come andavano gli affari. Per la prima volta Cesare si sentì dire che i libri potevano rendere.

"Il segreto al principio è," gli disse Giovanni, "il minimo di spese, il massimo di sacrifici."

Questa frase gli rimase in mente. Tutta la domenica la passò solo in libreria col negozio chiuso, a dividere le quindicimila lire di libri comprati e a segnare su ciascuno il prezzo. Era una montagna di volumi che ingombrava mezzo negozio, se la sgranocchiò un poco, ma c'era da lavorare una settimana ed era un lavoro che poteva fare soltanto lui. Mangiò, mezzogiorno e sera, nella trattoria del cacciatore che aveva perduto il cane e che gliene parlò ancora. Poi andò a casa di Cristina.

Ritornava per la prima volta, dopo la disgrazia di Benedetta, in quella casa in cui per due anni era entrato quasi ogni sera. Rivide subito Benedetta accanto a sé che saliva le scale con lui appoggiando una mano alla sua spalla. La rivide quando si fermavano a parlare sottovoce sull'uscio di casa, sul pianerottolo deserto, e rivide anche il pianerottolo, la targhetta con il nome "Montelli" in bella grafia. La porta era chiusa, da tanti mesi non era stata aperta che un paio di volte dalla domestica che veniva a mettere in ordine, a pulire la casa vuota. Perché dietro quella porta le stanze erano vuote, da quasi mezzo anno Benedetta non le abitava più, non scivolava più con passo leggero lungo il corridoio per venirgli ad aprire, mai più sarebbe scivolata con passo leggero. Nessuno era ad attenderlo se non i mobili di quella casa che conosceva così bene, il tavolo dove spesso aveva mangiato con Benedetta vicino, come quella sera ch'ella portava l'abito di lana blu accollato, erano andati poi a Porta Vittoria a fare due passi, Montelli gli aveva dato i soldi per la libreria ed egli ritornando a casa aveva avuto paura che qualcuno lo colpisse alla fronte con un sasso per derubarlo.

Salì al piano di sopra, suonò alla porta di Cristina, lei stessa venne ad aprire, teneva la cameriera solo a mezza giornata – Cesare lo sapeva benissimo – e quando stava male era sola. Entrò con lei in una specie di salotto, senza quadri, senza gingilli, senza divani, solo una scaffalatura piena di libri correva bassa intorno alle pareti, un grande tavolo in mezzo era ingombro di libri, il mobile bar era in un angolo, aperto e non conteneva nessuna bottiglia.

"Sto rimettendo a posto la mia biblioteca," disse Cristina, con la mano si accomodava i capelli che teneva sciolti sulle spalle, portava un grembiule colorato. "Le domestiche hanno paura dei libri, non li toccano come se scottassero."

Egli sorrise. "È da molto che non vedi Benedetta?" domandò. Sfogliò distratto i volumi che erano sulla tavola. "Matematica," pensò, "che diavolo s'interessa di matematica," era un volume divulgativo sul calcolo integrale. "Ha delle belle fisime per la testa, questa ragazza."

"No, sono tornata da Desenzano tre giorni fa," rispose Cristina.

Come era deserta quella casa, peggio che deserta, come se qualche morto attendesse nelle altre stanze. La stessa patita stanchezza di Cristina rendeva triste quelle abitazioni, quei vani vuoti, tuttavia era una tristezza abbandonata, quasi dolce, quasi un piacere di piangere.

"Domattina vado da lei," disse.

Rimaneva in piedi, sfogliava sempre i libri; Cristina si era tolta il grembiule e non gli diceva di sedersi, stavano in piedi tutti e due, quasi senza guardarsi.

"Non vuole," disse semplicemente Cristina.

"Lo so," ammise tranquillo Cesare, deciso. "Vado lo stesso."

Cristina liberò un pezzetto di tavolo. "Ti darò un po' di marsala, è l'unica cosa che ho, lo bevi?"

"Piuttosto andiamo fuori a far due passi," propose Cesare, "ti verrà un po' di malinconia a star sempre così sola."

"Qualche volta," gli rispose. Se ne andò nella sua stanza, lasciò la porta aperta. Egli vide che si pettinava, poi apriva i tiretti del cassettone e levava una borsetta nella quale mise alcuni oggetti.

"Perché non ti sei fatta più vedere?" le domandò dallo studio, dal salotto, dal quel che era, la vedeva riflessa nello specchio, laggiù, ora si stava mettendo un cappellino. "Hai trovato lavoro?"

"No, non l'ho neppure cercato. Ogni tanto guardo gli avvisi del 'Corriere', ma non scrivo, o non vado. Non mi sento mai bene." Ritornò verso di lui pronta per uscire. "Tu avevi il commesso e io ero d'impaccio in libreria."

"L'ho dovuto mandar via, era una spesa troppo forte." Uscirono, Cesare vide come distrattamente chiudeva la porta, con quale svogliato seguito di gesti riponeva le chiavi nella borsetta. "Non fa freddo," le disse. "Vuoi fare una passeggiata fino in centro o ci fermiamo al Motta?

"Fermiamoci qui vicino." Dopo una pausa gli disse: "Non vanno bene gli affari?"

"Non molto," rispose Cesare. "Ad ogni modo, domani vado da Benedetta e in negozio non c'è nessuno. Ero venuto a dirti se restavi tu in libreria, martedì mattina ritorno."

"Certo," disse Cristina. "Intanto se vuoi posso badare io alla libreria, finché ne hai bisogno."

"Brava, tu devi cercare lavoro per conto tuo, non perdere le giornate nel mio negozio."

"Per il momento non ho ancora molto bisogno, poi vedrò." Cristina camminava piano, quando parlava non volgeva mai il viso dalla sua parte. "Non fare complimenti."

Entrarono da Motta, lei non sapeva che cosa ordinare perché tutto le faceva male, finì per chiedere un'aranciata. Cesare le domandò che cosa diceva il dottore, Cristina rispose che non si faceva visitare da due mesi, tanto era lo stesso.

"Dovrei stare seduta quasi tutto il giorno, non lavorare, stare in campagna e seguire sempre una dieta speciale. Tutte cose che o non posso fare o non voglio. Sto a dieta finché resisto, poi finisco per mangiare un'insalata di cipolle crude."

Risero sul fatto che le piacevano le cipolle crude, come a lui. "Non bisogna avere affari sentimentali in giro," disse Cesare, "quando si mangiano quelle insalate."

"Me ne importa poco," disse Cristina. "Se si deludono per le cipolle, sto bene anche da sola."

Egli finì per raccontarle la storia di Candida, tanto per far passare un po' il tempo, anche perché sentiva sempre il bisogno di confessarsi a qualcuno.

"E adesso?" domandò Cristina.

"E adesso cosa vuoi che faccia? Niente." Il cameriere finalmente veleggiò verso di loro con le consumazioni, impettito come un pinguino nell'abito a code, lustra gioia dei frequentatori che vedevano in lui il simbolo di un mondo pieno di milioni e di luce, di viaggi e di orchestre.

"Pago i miei libri," continuò Cesare, "e cerco di tirare avanti come posso."

Cristina gli chiese se era stato innamorato di quella donna.

"No, forse l'ho sempre odiata, ma è molto bella, si arriva a un punto in cui si cede a quella bellezza anche odiando. Credo di aver ceduto assai poco io, forse per questo s'è intestardita in quel modo. Non piaccio alla maggior parte delle donne, poi ve ne sono certe che non ragionano più per me e non capisco perché, a volte mi sembra di essere un bel gagà irresistibile e mi sento un po' ridicolo, sto molto meglio quando sento che le donne mi guardano senza interesse, più tranquillo, per lo meno, ma allora sono io che comincio a interessarmi di loro e si ritorna da capo. Forse il meglio è star soli."

Per la seconda volta in pochi giorni diceva la stessa cosa, e non sapeva di ripetersi, era proprio un istinto della coscienza che lo faceva pensare così, anche se poi non poteva star cinque minuti solo senza diventare fradicio di malinconia come una spugna.

"Vi sono tanti tipi di donna," disse Cristina. "È la prima volta che sento di un tipo come quella."

"Ma no," mormorò Cesare. "Mi sembra comunissima. È vanesia, sicura della sua bellezza, crede che tutti debbano ammirarla e quando non succede così si intestardisce. Sono rimasto un po' male, ma sono contento dell'esperienza."

Riaccompagnò Cristina, tornò a casa e guardò l'orario dei treni per Verona. Una diecina d'ore più tardi avrebbe rivisto Benedetta. Erano quattro mesi che non la vedeva.

Capitolo VI

Il treno arrivò a Desenzano ed egli discese. Mentre scendeva ricordò la frase che aveva pensato tanto tempo prima: "Cascasse il mondo quest'anno vado a fare il viaggio di nozze sul lago di Garda." Sì, era sul lago di Garda, ma non in viaggio di nozze. Non provò neppure amarezza pensandolo, soltanto pena per ciò che gli uomini si propongono.

Di Desenzano non conosceva altro che la strada che conduceva alla villa di Benedetta, e non molto bene neppure quella perché l'aveva percorsa in macchina. Anche ora che si dirigeva verso la villa a piedi non vedeva molto del mondo intorno se non un senso chiaro di cielo e, alla sua sinistra, un vasto senso di umido e azzurro, il lago. Prima ancora di arrivare scorse l'alta figura di Alessandro Montelli che lo precedeva di una trentina di metri. Camminava adagio tenendo dietro le spalle un libro con due dita dentro per segnare la pagina, curioso e insolito don Abbondio. Presto lo raggiunse e gli si parò davanti: "Eccomi qua."

Lento, Alessandro si volse, sorrise nel vederlo. "Lo sentivo che saresti venuto," disse.

"Benedetta come sta?"

Il vecchio prese una scorciatoia che tagliava una specie di breve macchia e non parlò finché non furono improvvisamente davanti alla villetta, dopo l'intrico verde del fogliame. "Non lo so."

Cesare chiese: "Come non lo sai?"

"Lei dice che sta bene." Buttò il pezzo di sigaro che teneva spento tra le labbra. "Adesso vado ad avvertirla che sei arrivato. Non so come la prenderà."

Allora Cesare disse cocciuto: "Dille che mi fermo una settimana, un mese."

Alessandro gli batté una mano sulla spalla ed entrò nell'atrio. Cesare lo vide salire la scala, udì il suo passo, di sopra, l'aprire e il richiudersi di un uscio. Attese in piedi, come in una sala d'aspetto qualunque, attese molto, pensava chissà perché al ragazzotto che teneva come fattorino prima, era tutto occupato a domandarsi futilmente perché lo avessero chiamato Fausto. Il suo pensiero più importante era questo, non Benedetta, non altri, soltanto il problema se avessero chiamato il ragazzotto col nome di Fausto perché Fausto era anche il nome di un parente, il nonno o il padre, o perché i genitori avessero avuto notizia del Faust. Chissà.

Perciò non si avvide di attendere lungamente, o forse il tempo non aveva importanza per lui. Quando Alessandro discese egli era tranquillo, non sordamente agitato come era stato in treno.

"Verrà giù fra poco," disse il professore. E se ne andò, fuori della villa.

Cesare ricordò che non doveva aspettarla ai piedi della

scala, vederla mentre la fräulein la portava in braccio, andò allora in giardino. Non conosceva il nome di nessun fiore, non ne distingueva alcuno, appena i più comuni, non gli dicevano nulla, capiva che erano belli, a volte gradiva il loro profumo, ma a volte provava anche una specie di repulsione: erano esseri vivi, senza occhi, senza bocca, senza fronte, attaccati alla terra e schiavi di essa, ma forse vedevano anch'essi, e parlavano, con occhi e bocche invisibili. Veramente quando passeggiava in un giardino gli sembrava di essere guardato, gli sembrava che parlassero fra loro, i fiori e le piante. Un prato era un mare di cose vive, e ancora più vivo sembrava quella mattina piena di luce candida, tepida, che pioveva dall'alto cielo.

Cesare, si sentì chiamare prima ancora di udire il fruscio delle ruote della carrozzella. Le corse incontro, si curvò su di lei per baciarla e forse solo allora capì che cosa potevano fare due ruote di tram, e quanto tempo, quante cose erano passate in quei pochi mesi, perché dopo aver accennato a un bacio sulle labbra, la baciò in fronte. Non si bacia in bocca una sorella.

Essa era come sempre, solo gli occhi avevano intorno un alone che prima non avevano, una dolcezza come di donna che sta per divenire madre, che prima non c'era; ma questo particolare, se era un particolare, modificava tutto il volto, le dava come un'espressione di tenerezza altera da rispettare, di distacco da ogni cosa per vigilare ogni cosa, ma così, dall'alto, seppure maternamente. Anche se si fosse ignorata la sua disgrazia, e non si fosse veduta la carrozzella, il volto di lei non faceva quasi più pensare a una donna da proteggere o da desiderare, da baciare o da carezzare, ma a un essere che è stato donna e non lo è più perché è qualche cosa di più.

"Sei dimagrito," disse Benedetta; parlava mentre la fräulein spingeva la carrozzella ed egli le camminava a fianco.

"Ho passato l'estate in città, ecco il motivo."

Andavano come l'altra volta in fondo al giardino, dove una boscaglia e la cresta cadente di una collina nascondevano il lago, anche se il lago era nell'aria come un profumo. Ma quella mattina finirono per non dirsi niente, se non poche frasi stanche sul modo in cui avevano impiegato il tempo trascorso. E come era cambiato il tono di lui nel parlarle, guardingo, quasi timido, come se essa gli facesse soggezione. Forse anche il tono di Benedetta era cambiato, più remissivo di una volta, di una forte remissività, era il tono di voce delle persone abituate alla preghiera, calmo, inducente alla calma, alla confessione. E forse erano cambiati, ma senza forse, tutti i loro rapporti, da fidanzati erano divenuti amici, formidabile sotterranea amicizia che non ammetteva tradimenti, ma neppure, mai, amore.

Fino al giorno dopo, poi, essa non si fece più vedere. Il professore si era chiuso nello studio, egli si sentì estraneo e non desiderato anche se non era vero. Si stancò con una lunga passeggiata, la sera parlò di storia col professore, del libro sul Risorgimento che stava scrivendo, unico squarcio sereno nella malinconica giornata, i ricordi di scuola erano riscaldati e vivificati dalle spiegazioni di Alessandro che gli descrisse con ardente minuzia la battaglia di Novara. Poi la notte non riuscì a dormire molto, pensò perfino, come da ragazzo, di abbandonare ogni cosa e fuggire. Voleva andare a piedi, in giro, dove nessuno lo conoscesse e dove egli non conoscesse nulla; al mattino si svegliò tardi, irritato, aprì le finestre, il sole c'era sempre, aveva sperato che piovesse e non sapeva perché.

Solo prima di pranzo Benedetta lo mandò a chiamare e lo ricevette in camera sua. Stava a letto, sotto la grossa trapunta, nulla della disgrazia si indovinava, s'appoggiava alla spalliera del letto, i capelli neri erano tirati su, e alcuni fili sfuggivano ai pettinini, dalle due grandi finestre entrava la luce del giorno filtrata dai rami e dalle foglie molto gialle di un grosso albero che arrivava fino al tetto della villetta. "Prego," disse alla fräulein, e la fräulein se ne andò. Poi disse: "Stavo per scriverti di venire a trovami. Ormai è passato tutto quanto, non è vero?"

Cesare stava su una sedia vicino al letto e appoggiava una mano abbandonata sulla coperta rosa. "È passato davvero tutto," pensò.

"Adesso possiamo anche parlare d'affari," sorrise Benedetta. "Papà non vuole perché dice che se ne vergogna, non ha ancora imparato a vivere, e allora faccio io l'amministratrice."

"Che cos'è?" chiese Cesare.

Essa rispose con naturalezza: "Si tratta della casa che avevamo preparata, con i mobili e tutto. Papà è riuscito a venderla così come stava, perfino con le coperte, a due futuri sposi. Proprio in questi giorni hanno finito di pagare e ora ti faccio vedere i conti."

"Non voglio vedere conti."

"Cesare," fece Benedetta, che aveva levato un foglio dal comodino accanto al letto e lo spiegava. "Ti prego."

Voleva dire, quel ti prego: "Trattami come una persona, ti prego, non come una donna che hai amata. Guardiamo questi conti, perché non dovremmo guardarli? La nostra società si è sciolta, ciascuno di noi riprende la propria strada e i propri averi, delle nostalgie non parliamo, ti prego."

"Scusami," rispose Cesare.

"Ecco, vedi," fece essa sorridente, subito sollevata. "Abbiamo preso in tutto tredicimila lire più tre di buonuscita, fanno sedici. Le spese fatte da mio padre sono circa novemila lire, settemila invece le hai spese tu, così in cifra tonda, e te le riprendi perché sono tue." Gli porse intanto il foglio sul quale aveva fatto i conti. I numeri erano allineati disordinatamente, vide che la sua grafia non era più quella di prima, ricordò un libro di grafologia in cui aveva letto come la scrittura cambi in seguito alle malattie o alle mutilazioni.

Sì, era cambiata, v'era qualche cosa di tremolante nel tracciato, indice di stanchezza, la pressione della penna sulla carta era troppo leggera, indicava la scarsa vitalità di una persona che non ha più la forza di premere saldamente il passo sulla strada della vita; erano scomparsi del tutto i pochi svolazzi di prima, la scrittura si era semplificata, non v'era un segno di più, il minimo tratto di penna in più.

Questo guardò e non i conti, dai quali tornava il miraggio di un tempo trascorso in cui si costruivano una casa e comperavano mobili, lenzuola, coperte, lampadari.

"Sì," disse soltanto Cesare restituendo il foglio.

La guardò riporlo sul comodino. "Papà ti farà l'assegno appena viene a Milano."

"Sì," ripeté Cesare, levò dalla tasca il pacchetto delle sigarette. "Posso fumare?"

"Fumo anch'io," rise Benedetta, "ma quasi di nascosto della fräulein."

Egli le offrì la sigaretta, gliel'accese, ma essa non sapeva fumare, non aspirava, lasciava uscire il fumo dalla bocca da solo, senza spingerlo fuori. Fu questo che lo prese alla gola più di tutto e subito gli occhi gli si inumidirono. Era ingiusto, era barbaro che una donna così giovane, ancora una bambina, fosse ridotta così, nessuna giustizia v'era al mondo, tutto era un caos senza senso. Levò il fazzoletto, si asciugò gli occhi, lo sguardo che gli dette Benedetta ansioso e malinconico (quasi gli ricordò lo sguardo di sua madre, quando tornava a casa tardi dopo le prime scappate di giovanetto cresciuto senza padre, ansioso e malinconico), quello sguardo di Benedetta gli fece ricordare anche ciò che non doveva mai dimenticare: il Signore ha dato, il Signore ha tolto, sia fatta la volontà del Signore.

"Oh, scusami," disse. "Non volevo venire qui a piangerti addosso," e nascondeva il volto nel fazzoletto perché le lacrime scendevano ancora.

Essa buttò la sigaretta nel bicchiere d'acqua, stette a guardarla galleggiare un poco, sfasciarsi nell'acqua, affondare sbriciolandosi. "Non pensare a me," disse.

Presto il pianto gli si trasformò in irritazione, non poteva vedersi debole, non poteva vedersi cedere. "Come fosse facile," mormorò astioso. "A parole ogni cosa è facile, tacere, rassegnarsi, subire, e intanto qualche cosa ci smangia dentro. Non posso vedere noi due, così, tu lì su quel letto, io qui, che parliamo di soldi, della casa venduta e dovevamo andarci noi a vivere, come se non fosse accaduto nulla. Non posso non vedere, non posso non pensare a te, ecco. Specialmente quando succedono tante altre cose ingiuste, cattive."

"Che cosa ti è accaduto?" domandò Benedetta, non pareva che il pianto di lui l'avesse impressionata, era rimasta tranquilla, l'aveva guardato piangere con amorevole comprensione dopo il primo momento di sorpresa.

"Niente," disse egli. "Niente mi è accaduto."

Ma poi essa lo fece parlare, la storia di Candida venne fuori nel suo arido, bislacco sviluppo, nella sua miseria.

"Almeno non hai pensato per quattro mesi," mormorò Benedetta. "C'è una giustizia che noi non comprendiamo, se non ci fosse stata quella donna ti saresti tormentato per tutto questo tempo, forse avresti fatto qualche cosa che non dovevi fare," si abbandonò un poco di più sui cuscini che le sostenevano la vita, "forse avremmo sofferto di più."

Egli scosse il capo. Pianto e irritazione erano passati, tornava quella grigia calma di sempre che aveva provato da quando, quel giorno, Benedetta era stata portata in clinica.

"Quando parti?" chiese Benedetta, guardava fuori dalla finestra, non lui.

"Anche subito."

Essa muoveva le dita, lenta, sulla coperta rosa, disse: "È stato ancora troppo presto, rivederci, lo sapevo, ma sapevo anche di non poterti impedire di venire all'improvviso. Anzi, sei stato troppo saggio, ti aspettavo prima, ti aspettavo ancora più violento. Invece hai solo pianto, povero caro." E ancora non lo guardava, sempre guardava o oltre la finestra, o sulla coperta rosa. "Adesso mi prometti di tornare solo fra tanto tempo? Vedrai che fra tanto tempo tutto sarà davvero finito, ci potremo voler bene come dobbiamo, non tormentarci così a vicenda. Prometti?"

"Sì," rispose egli.

Finalmente, finalmente essa lo guardò: "Vieni qua," gli disse.

Egli si alzò e si curvò su di lei, si sentì circondare con le braccia, con lieve tenerezza, con la sua guancia le carezzò le guance, con la mano le carezzava i capelli, avvertì sulla pelle gli occhi di lei umidi, l'umido morbido battito delle ciglia, nascose un poco il volto nel cuscino dove lei s'appoggiava, vicino al suo collo, stette così, e le stringeva una mano, forte, e poi gliela carezzava e tornava subito a stringerla.

"Vai," disse Benedetta.

Egli uscì subito, scese da basso in sala da pranzo, accese una sigaretta, girò per la villa alla ricerca di Montelli, ma la cameriera gli disse che era andato a fare la sua passeggiata.

"Ditegli che sono partito e che lo saluto," le disse.

Nella piccola stazione aspettò quasi un'ora il treno, in treno stette tutto il tempo nel corridoio, davanti al finestrino abbassato, non faceva più caldo, anzi; arrivò a Milano intirizzito. Erano le otto e un quarto, Cristina doveva aver già chiuso il negozio, non gli restava che andare in una trattoria e poi alla pensione.

Un giorno, due giorni, dieci giorni, furono tutti uguali. Si alzava, andava ad aprire il negozio, faceva una pulizia sommaria in attesa di trovare un fattorino e si metteva a catalogare e a dare il prezzo ai libri comprati per conto di Candida. Cristina arrivava verso le dieci e lo aiutava, stava tutto il giorno in negozio con lui, a mezzogiorno e a sera mangiavano insieme, poi egli l'accompagnava a casa e tornava in pensione. Due volte s'incontrò con Giovanni e con i soci della sua ditta, la seconda volta il fratello di Marta ottenne le diecimila lire e gliele passò. Egli fece subito un assegno e lo spedì all'agenzia che gli aveva venduto i libri. Un giorno venne Candida Scirò ma egli non c'era. Lasciò un biglietto a Cristina per lui. "Caro Cesare, se non è proprio necessario odiarmi vieni questa sera a casa. Arturo non c'è, così sarai tranquillo. Candida."

Cesare ebbe la tentazione di scrivere sul biglietto: “Niente da fare” e rimandarglielo, poi si trattenne, lo buttò nel cestino e non andò all’appuntamento. Ma essa allora venne la mattina dopo verso mezzogiorno.

Lui e Cristina stavano rivedendo il testo del nuovo catalogo da spedire a Napoli per farlo comporre. Don Marsi aveva scritto raccomandandosi tanto perché non togliessero il lavoro al suo amico tipografo ed egli aveva ceduto. Al sordo ronzio del campanello alzarono il capo e videro Candida. Essa si avvicinò alla scrivania, salutò Cristina, disse a Cesare: “Libri nuovi?”

Egli le porse i fogli scritti a macchina e per molto tempo la donna lesse con attenzione, segnando con una matita rossa i libri che la interessavano, ma ne trovò pochi.

“Ecco, questi,” e restituì i fogli. Poi mentre Cristina cercava i libri disse ancora: “Accompagnami un momento, ti prego.”

Egli rispose subito: “No. È inutile.”

Candida mormorò: “Non so se è inutile. Vieni.”

“Non posso, vado a pranzo con Cristina.”

“Vieni allora stasera.”

Pregava dolcemente, ma non per questo egli cedette, bensì per liberarsi dalla sua presenza, tanto non sarebbe andato. “Va bene,” disse. “Stasera.”

Essa a capo basso mormorò: “Dici così, ma poi non verrai.”

“Può darsi,” rispose lui. Cristina arrivò con i libri, fecero il conto. Candida pagò, salutò con un sorriso e uscì.

Per tutto il giorno fu sicuro di non aver mai pensato a Candida, ma certo non era vero perché la sera, dopo aver cenato con Cristina ed esser rimasto solo, si diresse verso via Montenapoleone. Vi si diresse non volendo, sapendo però che sarebbe andato da Candida. Ma non sapeva perché. Forse era un senso maschile di rimorso per aver trattato una donna in quel modo. Dopo tutto non gli aveva fatto nulla. O quasi nulla, uno scherzo, un pretesto per averlo vicino: non era poi un delitto, non era il caso di essere tanto villano. O forse vi andava per non star solo, e perché la compagnia di Cristina che taceva sempre, che lo osservava sempre, senza disprezzarlo forse, ma senza illusioni, come pensasse: "Capisco bene che tipo sei, non sei cattivo, forse, ma non vali molto", questa compagnia finiva per renderlo triste, depresso, scontento di sé. A volte stupidamente pensava di fare qualche cosa di grande, di nobile, per poterle dire: "E tu credevi che io non valessi molto." Ma quando si trovò davanti al portone della casa di Candida pensò che doveva andare per farla ragionare, perché capisse che egli non sentiva assolutamente nulla per lei. Così tutto sarebbe finito chiaramente. Ma era forse una scusa. E salì le scale non ancora convinto, meno convinto suonò il campanello. Lasciò il soprabito e il cappello alla cameriera, la porta a vetri verde si aprì, Candida comparve nel suo solito abito a giacca grigio.

"Non lo speravo," lo accolse, gli si mise al braccio, andarono in sala di soggiorno.

Cesare disse: "Mi fermo poco."

"Come vuoi," rispose Candida. Accese la radio, lo invitò a sedersi accanto a lei sul divano, ascoltarono in silenzio un pezzo d'opera che trasmettevano. Essa intenta, ricordando la stessa opera come l'aveva veduta alla Scala, stabilendo mentalmente confronti; egli senza interesse, perché non capiva nulla di quella musica, né di quel modo di cantare, e gli sfuggiva l'armonia, il senso del canto, l'agilità della voce, sentiva solo suoni che gli sembravano rumori, improvvisi e inspiegabili dirizzoni della melodia che avrebbero potuto anche infastidirlo se non fosse stato così inerte e stanco e pigro.

La luce indiretta era nell'aria come una nebbia, i mobili e gli oggetti della sala stavano in quella nebbia pietrificati, senza ombre incerte che potessero impaurire, egli finiva per sentirsi calmo in quella casa, ragionevole, pronto a comprendere o per lo meno a non discutere. Sapeva sempre, però, che non vi era nulla da sperare, Candida non era la donna per lui, e chissà se esisteva questa donna; e la sua casa, la sua ricchezza erano un ostacolo di più tra loro due. Da ragazzo una sera si era sfamato con mezza lira di polenta comprata dal polentatt e la vita, pensava, si conosce profondamente solo attraverso queste vicende. Rivedeva ancora sua madre sotto i portici del Dal Verme estrarre dalla borsetta logora le monetine e insieme andare dal vicino toscano e spendere tutto quel patrimonio per una piccola fetta di polenta. Con un po' di fame si acquistava la sapienza della vita, si capiva che la luce indiretta, la bella casa, i divani comodi di Candida erano forse piacevoli cose, ma non valevano nulla, e anche Candida, poteva darsi, non valeva nulla, non perché fosse ricca, ma perché non sapeva di esserlo, né sapeva che si poteva essere poveri, se non come al cinema vedendo il protagonista entrare nella villa incendiata per salvare la sua donna e passare arditamente tra il fumo e le fiamme, ci si immagina di essere coraggiosi e si crede di sapere che cosa sia il coraggio. Ma non è vero.

Non parlarono molto. Egli cercò di spiegare a Candida perché fosse inutile rivedersi così, senza scopo, stare insieme senza affinità, amarsi senza amore, ma la sua spiegazione era forse tortuosa e il bel volto di Candida mostrava tutta l'apparenza della comprensione, ma non voleva capire, ed egli si sentiva troppo rilassato per poter intraprendere una vera opera di persuasione. "Ma che pensi quello che le pare," si disse, e non era la prima volta. Essa volle raccontargli una sua esperienza sentimentale, un'esperienza decisiva, fece capire.

"Andavo a Santa Margherita, l'estate," diceva. "Avevo ventidue anni e molti, anche per i miei soldi, mi stavano appresso. Fra questi un tale, un ragazzo povero e neppure bello, aveva due cespugli al posto delle sopracciglia e le mani erano pelose, mi dava perfino ribrezzo averlo vicino. Guarda che è un'esperienza da nulla, un fatto comunissimo, capita chissà a quante. Riuscivo a tenerlo lontano da me, quel tale, con molta facilità, anche perché non era del mio ambiente e bastava che andassi in un ritrovo elegante perché egli non potesse più seguirmi. Era sulla spiaggia che dovevo subirlo. Un giorno fui costretta a rimanere con lui quasi un'ora. In costume da bagno era ancora più impressionante, ma sapeva parlare. Io non ero ingenua ed egli lo sapeva quindi non si atteggiava a sentimentale, mi raccontò invece pienamente la sua infelicità, sapeva di essere brutto, sapeva che io ero irraggiungibile per lui e disse queste cose in un modo che finì per commuovermi. Mi lasciai baciare, credo che lo facessi con lo stesso spirito di un'infermiera che cura la piaga di un malato, e gli promisi un appuntamento per la sera. Infatti ci vedemmo, passeggiammo a lungo, soli, per sentieri solitari, egli fu di una correttezza estrema, mi disse che sarebbe partito perché capiva che nessun legame era possibile con me e alla fine mi riaccompagnò a casa. Il giorno dopo seppi che sulla spiaggia si mormorava di una scommessa fatta da questo tale con alcuni suoi amici. Il tale aveva vinto la scommessa riuscendo a far cedere una ragazza altera, ricca, il cui nome cominciava per S. Non ci volle molto per capire che quella donna ero io, che non avevo affatto ceduto, se fare due passi con un uomo non significa cedere. Ma egli imbrogliando gli amici dilatava la verità dei fatti e dava a intendere chissà che cosa." Candida versò da bere, bevette, poi riprese con voce calma, con voce ferma: "Fu per me una grande lezione. L'unica. Ebbi anche una discussione odiosa con mia madre che impensierita dalle chiacchiere temeva che io avessi per davvero perduto la testa. Tanto per divertirmi, soltanto per divertirmi dopo aver perfino pianto, nella mia stanza, per la vergogna e la rabbia, riuscii a invitare quel tale, la sera dopo, nella mia compagnia, in cui v'era anche qualche suo amico e a domandargli con cruda chiarezza se era vero quello che si diceva, perché io non mi ero mai accorta di avergli ceduto, forse egli aveva sognato, certamente doveva averlo sognato, visto che non poteva realizzarlo. Tra le risate degli amici, era un ridere teso a ogni modo, gli chiesi se poteva darmi particolari del fatto, e dove eravamo stati, e a che ora, eccetera. Lo ridussi un poveruomo, il poveruomo che era, meschino e vergognoso e suscettibilissimo. Ma non lo feci per ristabilire la verità dei fatti, per proclamare la mia onorabilità, lo feci per divertimento. Adesso ho imparato, non a diffidare degli uomini, di tutti gli uomini, ma a scegliere io, invece di essere scelta o di lasciarmi scegliere. Potrò sbagliare, naturalmente, ma sarà uno sbaglio voluto da me, non una disgrazia che mi capita addosso senza che io ne abbia colpa. Ma naturalmente gli uomini, compreso il mio caro Cesare," e gli sorrise, "sono orgogliosissimi. Non vogliono essere scelti, ma scegliere, e così si irritano con me, come te. Questo è la causa di tutta la tensione che provi per me. Se io avessi recitato la parte della gazzella inseguita tu saresti folle d'amore, come si dice. E ora dirai che sono cinica, lo so."

Egli non lo disse. Pensava: "Ma come parla pulito, come sceglie bene le parole. È sempre tutta così pulita, così lustra", e pensava anche che non doveva sentir molto se aveva il tempo e la pazienza di scegliere le parole, di disporle con tanto ordine nel racconto. L'ansia, la foga, l'entusiasmo li lasciava sempre in qualche posto, come fossero ombrelli che si dimenticano. Non era neppure una cinica, era un'arida. Pensò anche alla silente, tenace dedizione di Benedetta, e allora disse sordamente: "Vorrei sapere che cosa rimane dell'amore se si vedono le cose in questo modo. Un vizio."

"Ma no," rispose calma Candida. "Una cosa chiara. Non mi piacciono i sottintesi, le bugie tacite, i silenziosi compromessi. Penso che sia meglio sapere con chiarezza quello che si fa o quello che si vuole."

"Ah, la chiama chiarezza," pensò egli, e ricordò i lunghi silenzi tra lui e Benedetta, quei silenzi che Candida chiamava compromessi. Chiuse la chiavetta della radio, poi disse: "Scusa, volevi sentire ancora?"

"No, non la udivo neppure."

Si sentì baciare, dolcemente la respinse, sorrise, si alzò: "Vado."

Si alzò anche lei, giuocava con un suo bottone, a capo basso: "Abbiamo fatto la pace?" domandò sommessa.

Che cosa si poteva rispondere se non sì? E quando fu in strada non fu neppure pentito di averle dato appuntamento per l'indomani, di averle promesso che presto sarebbe andato a Como con lei, allo stabilimento. Zattera sul mare della vita, non importava dove le onde lo portassero. A Como con lei non andò, ma la rivide, rinasceva la consuetudine stanca di prima, senza che egli partecipasse a ciò che gli succedeva, guardandosi agire senza interesse. Arturo lo vide un paio di volte, ciondolava intorno a loro cortesemente, corretto, intento spesso a seguire il progressivo bruciarsi della sigaretta, una certa estrema ironia nello sguardo come se lo divertisse molto ciò che vedeva, ma non volesse ridere apertamente per educazione.

Intanto la libreria non andava bene. Cristina gli mostrava ogni tanto la minuta degli incassi che egli studiava pensieroso. Non capiva da che cosa potesse dipendere quell'improvvisa e costante diminuzione delle entrate. Una libreria, in una via chiusa, appartata come via Gozzadini, non aveva reso mai molto, ma fino allora aveva reso a sufficienza, se non si avevano aspirazioni di grandi guadagni. Ora le vendite erano diminuite di un terzo. Forse era la stagione, si trattava di resistere fino alla ripresa delle vendite, e Cesare pensò che avrebbe resistito a ogni costo.

Lo aiutarono le settemila lire che Montelli gli portò personalmente in negozio, anche se pensò ancora che quei denari significavano la casa che avrebbe dovuto abitare con Benedetta. Ma come il tempo scoloriva presto ogni cosa, presto egli non soffriva più, o meglio non si accorgeva di soffrire anche se la pena esisteva sempre, ma sotterranea.

"Benedetta come sta?" domandò Cesare.

Il professore rispose: "Adesso sta bene," ed era sereno.

Cesare lo accompagnò fino a casa, bevettero un bianchino in un'osteria, come quella volta che gli aveva parlato della dote. Montelli raccontò gli ultimi capitoli del suo libro sul Risorgimento, doveva andare a Brera per consultare alcuni giornali. Si lasciarono davanti al Carcano, malinconicamente, la vita aveva preso un'altra strada, li separava.

Fu un docile autunno, non freddo, non piovoso, anche se il cielo era spesso coperto di nubi e il sole quando appariva era appena una lieve luce gialla senza consistenza. Cristina ogni tanto non veniva in negozio perché stava male, egli una volta andò a trovarla e la trovò distesa che si premeva il ventre contro il divano, la porta d'entrata era aperta, l'impermeabile era a terra, la polvere incipriava i mobili, sul tavolo c'erano un piatto sporco e una forchetta.

"Ma hai bisogno di qualcuno in casa, non puoi star sola, malata come sei," le disse.

Cristina rispose: "Non è niente. Almeno una volta alla settimana è così."

Ma aveva gli occhi pieni di lacrime e si stringeva il ventre tra le mani, l'alito era cattivo.

"Hai mangiato ancora le cipolle."

Sorrisero insieme. Disse che le aveva appena assaggiate, non era per quello che stava male, disse ancora che era inutile chiamare il dottore. Una mezz'ora dopo si alzò come fosse improvvisamente guarita e si preparò per andare in libreria con lui. Quando essa tornò in sala da pranzo, egli stava osservando una polizza del monte di pietà che aveva trovato sul piano dello scaffale. Era datata da tre giorni, un orologio d'oro, un bracciale d'oro, un anello con brillante, poche centinaia di lire.

"Perché non mi hai chiesto aiuto?" le domandò.

Essa gli prese la polizza, arrossendo la mise nella borsetta. "Ma non fa niente," disse.

"Questo è sciocco," mormorò. "Bisogna pensare a sistemarti, trovare un lavoro in casa che tu possa fare quando ti senti bene. O meglio ancora andare in qualche posto, curarti, guarire, e poi tornare al lavoro." Intanto levò dal portafoglio un po' di soldi, le prese la borsetta che essa non voleva cedere e ve li mise. "Perdi le tue giornate in libreria, mi pare, invece di pensare a te. In sei mesi ti ho regalato solo una volta un etto di cioccolatini."

Avevano trovato un vecchio come fattorino, beveva ma era buono, simpatico. Avrebbe dovuto stare solo due ore al giorno, tanto per aprire e far pulizia, ma finiva per fermarsi sempre fino a mezzogiorno. "G'ho minga la morosa che me spetta," diceva quando Cesare gli rammentava che poteva pagargli soltanto due ore, dalle otto alle dieci e non di più.

Candida sembrava migliore, era docile, sembrava acquistare una certa remissività femminile che le era sempre mancata. La vedeva ogni tanto la sera nei locali del centro, ma una volta, stanchi di quei posti, andarono quasi in pellegrinaggio in un'osteria a Porta Romana, dove Cesare aveva mangiato per diversi mesi quando era più giovane e povero.

Cesare disse che era la stessa di allora anche se i padroni erano cambiati. Sempre i vecchi tappeti verdi divenuti grigio piombo, ancora un alitare diffuso di vecchio salame e di vino robusto, ancora i giuocatori di terziglio che alternavano brevi silenzi a improvvisi scoppi di voci, "T' deuvevet tegni a quader, cribbio, te vedet no che l'as ghe l'avevi minga?", e poi di nuovo assorti silenzi. Ordinarono un quarto di vino e una birra, Candida volle assaggiare il vino e dire che era buono, Cesare si sentì quasi felice quella sera accanto a lei. I clienti abituali li guardarono poco, con la riserbatezza del milanese che è orgoglioso di non immischiarsi nei casi degli altri.

Un giorno Cesare tornava dalla società assicuratrice, dove aveva bisticciato con un impiegato, quando vide davanti a sé due volpi che si baciavano sulle spalle di una donna. Improvviso il mondo parve cambiare colore intorno a lui, egli corse avanti, la fermò. Non sapeva il suo nome, le disse soltanto: "Senti." Gli sembrava che non fosse cambiato nulla da quel giorno, a Roma, quando l'aveva incontrata, quasi credette che portasse lo stesso abito. "Ti ho cercata a Roma, cinque mesi fa, sono andato in piazza del Popolo, volevo scrivere sul leone il mio nome e l'indirizzo perché tu mi trovassi, poi era troppo ridicolo."

Essa sorrise. "Mi pare che ti chiami Cesare," gli disse.

"Cesare, proprio."

"Sono a Milano da un mese. Pensavo anch'io che ti avrei incontrato prima di ripartire."

"Riparti?"

"Fra due o tre giorni. Sono qui con mio padre."

Egli si rannuvolò. "Ci vediamo sempre sul punto di lasciarci."

"Sempre?" disse lei. "È la seconda volta."

Gli pareva di stare a Roma, non in piazza Missori vicino a un'edicola. Il leggero accento toscano di lei lo riportava laggiù, rivide la trattoria dove l'aveva incontrata, ricordò con precisione il gesto che aveva fatto dandole il giornale, e il suo grazie, e quando gli aveva detto di voler nascondere la testa nella sabbia come uno struzzo.

"Come ti chiami?" le chiese.

Essa s'incamminò con lui verso la piazza. "Maria," disse. "Ecco che ora ho un'etichetta."

"Posso darti il braccio?" le domandò.

"Stavo per chiederti la stessa cosa," rispose Maria.

La stringeva tenendole il braccio come l'impugnatura di uno scudo. Essa aveva guardato la sua mano già da qualche momento, poi domandò: "Sei sposato?"

Presero per via Orefici, Cesare camminava in fretta, come volesse portarla in qualche posto, ma non aveva una meta, voleva soltanto portarla con sé.

"Non sono sposato," le rispose. Per un momento tacque, poi vinse i ricordi, disse: "Vuoi sposarmi tu?"

"Sciocco," rise Maria.

"Parlo sul serio," disse egli quasi duramente. "Sto facendo una vita che non ha senso, ho bisogno di qualche cosa di stabile, di una fede, di credere a qualche cosa, a te per esempio."

Erano in via Dante, egli quasi correva; con i tacchi alti, la gonna stretta, essa era quasi trascinata da lui, dal suo lungo passo, dal suo entusiasmo cieco che le dava quasi la sensazione di un ratto nelle tribù preistoriche, quando la donna era rubata e portata via di corsa, così come egli adesso la faceva correre.

"Dove mi porti?" gli chiese.

"Non lo so. Rispondi a quello che ti ho detto prima." Ansava un poco anche lui parlando, non sapeva davvero dove la conducesse.

"Che cosa?" disse lei per irritarlo.

"Sposare. Nozze. Matrimonio. Mi sono spiegato."

Voltarono per via Meravigli, un tram scampanellò dietro di loro perché lasciassero libera la strada ed essi saltarono sul marciapiede.

"Oh, non si può," disse Maria, "sto facendo un matrimonio

di riparazione." Sempre camminando disse ancora: "Dopo la mia fuga, dopo la bambina, non posso fare altre pazzie, devo rimettere a nuovo il nome della famiglia. Hanno ragione. Sposo un conte, diventerò contessa, riparerò a quello che ho fatto, nessuno potrà dire più nulla alla signora contessa."

"Ma questa non è una pazzia. Ci sposiamo," disse Cesare.

Essa si fermò improvvisamente per ridere, e rideva convulsamente ed egli guardandola cominciò a ridere.

"Caro," disse Maria quando si calmò.

"C'è poco da ridere," mormorò egli scontento.

"Forse no, hai ragione."

Allora camminarono in silenzio, sempre in fretta, e arrivarono senza fiato a Porta Magenta.

"Sono stanca," disse Maria. Sedettero su una panchina del giardinetto. Erano le una, non ricordavano neppure di dover mangiare. Egli carezzava la sua mano con tanto nervosismo che sembrava la spolverasse.

"Sei proprio decisa a divenire contessa?"

"Irremovibile."

"Non preferiresti sposare me?"

"Sì."

"E allora perché sposi quell'altro?"

"Te l'ho detto."

Poi essa volle andare a telefonare al padre, all'albergo Continentale. "Posso dirgli che sono invitata a pranzo?" gli domandò.

Egli le strinse la mano per dirle di sì. Trovarono da quelle parti una modesta trattoria ma non si accorsero di mangiare male, anche perché avevano fame. Si fermarono fino alle tre passate, parlando attraverso la tovaglia macchiata di vino, arrotolando le briciole di pane, noncuranti degli altri. Maria diceva: “Qui bisogna che tu cerchi di capire. Non si deve fare sempre quello che si vuole. Io ho già fatto una volta quello che volevo, quando sono scappata con quel tale, è successo quello che sai e poi la bambina è morta e allora è stato come fossi morta anch’io. Adesso mi dicono di sposarmi con un certo conte, è un uomo che ha quasi quarant’anni, mi vuole bene, il suo nome metterà a posto ogni cosa, mio padre potrà morire contento, pensa che io sono un po’ matta, un po’ come la povera mamma, e avrà il cuore in gola finché non mi sarò sistemata come pensa lui. Perché dovrei buttare per aria tutto, adesso? Voglio bene a mio padre, riuscirò a volerne anche a mio marito, farò tacere i commenti della gente in paese; sai, dove abbiamo la villa parlavano, mi chiamavano la Mangiamòre perché sapevano che ero scappata con uno senza soldi e pensavano ridendo che avrei mangiato l’amore. Quando una volta portai la bambina, laggiù, seppi che l’avevano chiamata la Mangiamoraccia, e quasi piangevo, anche se non me ne importava. Se adesso dicessi a mio padre che c’è un tizio di Milano, un certo libraio che si chiama Cesare e che lo voglio sposare invece del conte, mi muore appena ho finito di parlare. Ha costruito questo matrimonio come uno scultore una statua, è il sogno della sua vita, potrà morire in pace, e forse ha più ragione lui di noi. Se mi sposassi, la gente direbbe che lo fai per soldi, perché sono ricca, e alla fine importa quello che dice la gente. E poi potrebbe essere un errore. Fra un mese o due, ci svegliamo, tu o io, e pensiamo: ‘Ma guarda che cosa ho fatto. Chi è questa donna, chi è questo uomo?’ Adesso siamo sicuri che non sia così, lo so, ma quello che noi saremo domani non lo sapremo mai. Da signorinetta avevo un'amica, quando dovetti lasciarla perché mi trasferivo a Roma mi sembrò di morire, non sapevo come avrei fatto senza di lei, baciavo la sua fotografia e dicevo: 'Annetta cara, staremo sempre insieme, anche quando mi sposerò dirò a mio marito che voglio tenerti con me, altrimenti non lo sposo.' Ed ero convinta allora di ciò che dicevo, ma *chi* era convinta? Io? No. Una ragazzina di quindici anni con la quale adesso non ho nulla a che fare e che trovo ridicola, come trovo insipida e pettegola quella mia amica che allora mi sembrava la cosa più bella del mondo. Tu dici: 'Ma queste sono ragazzate, noi siamo grandi.' Eppure è lo stesso, queste cose ci accadono anche da grandi. Quello che tu pensavi un anno fa, adesso molto probabilmente non è più tuo, sono i pensieri di un signor Cesare di un anno fa che adesso tu non riconosci più per te stesso. Se fossimo sempre uguali saremmo dei manichini, non degli uomini. Domanda per favore se mi portano una birra, parlo da un'ora, ho sete," sorrise.

Egli ordinò la birra, pensava: "Lei non parla pulito come Candida, lei non cerca le parole per infilarle artisticamente nella frase, se ne infischia. Ma io non la lascio andare. Maria, sta' sicura che non te ne vai."

Maria diceva che era venuta a Milano col pretesto di ordinare dei mobili a Lissone per la nuova casa, ma sperava invece di trovar lui, in quel mese era andata in giro tante volte da sola per cercarlo. All'ora dell'aperitivo si era trovata spesso in Galleria e non l'aveva mai veduto, aveva guardato sulla guida telefonica ma aveva trovato solo due vecchie librerie il cui proprietario si chiamasse Cesare e invece sapeva che la sua era nuova, e allora aveva pensato che egli avesse mantenuta l'intestazione del vecchio proprietario, oppure non aveva il telefono. E poi era andata in giro per le librerie, aveva comprato un sacco di libri e mai aveva trovato la sua.

"Io t'ho cercato un giorno intero a Roma, speravo d'incontrarti ogni momento, poi, quando sono tornato," e così le raccontò di Benedetta. Essa disse: "Si capisce da come parli di lei, saresti stato a posto con quella donna." Poi uscirono e andarono al cinema. "Andiamo davvero a nascondere la testa nella sabbia," disse Maria.

All'Odeon davano un film americano. Gli uomini parlavano secchi secchi, anche nel doppiato, come sparassero di seguito con una rivoltella automatica, e poi per davvero, ogni momento mettevano la mano nella tasca della giacca dove avevano l'arma, e allora l'avversario cambiava tono e diceva subito di sì. Le donne parevano uscite da una fabbrica specializzata in Veneri, prodotte in serie da una mostruosa macchina rotativa che sfornava centomila belle donne tutte uguali, tutte con lo stesso sorriso slargato che metteva in mostra inverosimili denti tutti uguali, un vero paese senza carie. Nessuna di quelle inverosimili ragazze era spettinata, aveva un solo filino, mezzo filino fuori di posto, ma se la parte richiedeva la spettinatura allora erano spettinate giganti, la bufera era passata sui loro capelli. Andavano in auto, correvano, ballavano ma gli abiti non avevano mai una spiegazzatura. La vicenda era un laborioso, affaticato giocattolo meccanico, tutto era a congegno, scattava, s'ingranava, s'innestava, i fatti parevano bielle, pistoni, ruote dentate, valvole, invece che eventi vissuti da esseri umani, Cesare pensò: "Comprano tutto a Broadway, questa gente, anche i sentimenti, già confezionati in scatole di cellofane." Stringeva la mano a Maria senza seguire molto il film, gliela lasciò quando venne la luce, quando tornò il buio le sfiorò la guancia con un bacio, senza curarsi dei colpi di fucile mitragliatore che partivano dallo schermo, quando il film finì con la scena della giovane sposa (il cui onore era stato finalmente rivendicato) che sale le scale di corsa inseguendo il marito (il quale saliva invece in ascensore) e gridandogli che la frittata era bruciata, se ne andarono senza vedere la prima parte.

"Le sei e mezza!" disse Maria. "Devo correre. Mio padre penserà che sono scappata con qualcuno."

La lasciò in piazza della Scala. "Ci rivediamo qui domattina," le disse. "Alle dieci. Perché non succedano storie questo è il mio nome e il mio indirizzo. Dammi il tuo," le porse una busta che gli era stata spedita giorni prima e sulla quale era scritto il suo nome e l'indirizzo della libreria.

"Questo è il mio," disse Maria. Aprì la borsa, prese la matita e scrisse sul bordo bianco di un giornale che aveva in mano: Maria Cantelli, albergo Continentale.

"Pensa a quello che ti ho detto," le disse ancora Cesare.

"Non ci penserò," rispose Maria. "È meglio."

Le strinse il polso finché non la vide fare una smorfia di dolore: "Vedremo."

La mattina dopo alle dieci meno un quarto era ancora lì. Aveva fatto appena una scappata in libreria per avvisare Cristina che sarebbe stato via tutto il giorno, lei gli voleva parlare dell'impiegato dell'assicurazione che era venuto a fare il sopralluogo, ma Cesare rispose che non aveva tempo.

Piovigginava dolcemente, tuttavia l'aria era luminosa, pareva una di quelle morbide piogge primaverili, mattutine, quando un poco più tardi la pioggia cessa e un blando sole tepido sciоglie lento il velo di nubi bianche. Cesare si sentiva formidabilmente bene, stringeva i pugni nella tasca dell'impermeabile pensando: "La farò ragionare." Cominciavano a sostare ai posteggi del R.A.C.I. le prime auto, intorno al monumento a Leonardo, che gli rammentava l'affettuosa bonaria ironia dei milanesi che lo chiamavano "un liter in quatter".

Eccola, era lei, aveva cambiato d'abito, portava un lungo soprabito color terracotta e una sciarpa verde. Ma no, non era lei. Le dieci e un quarto. Smise di piovere, o meglio, pioveva così radamente che era come non piovesse, il lucido delle strade bagnate risplendenti per il sole che era appena nascosto da un velo grigio, era festoso, gloriosamente mattinale. L'orologio fece le dieci e mezza, allora egli andò al Continentale.

"La signorina Cantelli," disse a un uomo che era dietro la tavola della segretaria. Un altro uomo che era accanto a quello disse: "È partita questa mattina."

Cesare guardava i fregi che quell'uomo aveva sui risvolti della giacca. "Ah," disse. "È partita." Continuò a guardare i fregi, disse ancora a fatica: "Non ha lasciato nulla per me?"

"Il vostro nome?"

"Vairaghi."

L'uomo aveva già allungato la mano verso un biglietto infilato in un registro che aveva davanti a sé. Lesse l'intestazione della busta: "Vairaghi," fece e gli consegnò il biglietto.

Egli uscì senza aprirlo, prima passeggiò errando in pena per la Galleria, si fermava a guardare le vetrine dei librai, quelli vendevano libri nuovi, non erano oscure botteghine come la sua dove il libro arrivava già gualcito da tante letture o tristemente pulito perché non letto. "Se ne è andata," pensava e riprendeva a camminare. “Se ne è andata.” Uno lo fissò mentre camminava, egli non lo riconobbe, tirò avanti, allora l’altro lo prese per il braccio: “Ehi, che pensieroni!”

Era Ferrari, quel Ferrari collega nell’ufficio dove lavorava prima di aprire la libreria.

“Ciao, come va?” rispose Cesare blando.

Seguì l’inevitabile filza di frasi convenzionali, di prevedute domande le quali avevano già catalogate risposte, sugli affari, la salute, eccetera. Del resto non si può pretendere che quando due persone s’incontrano parlino dell’immortalità dell’anima, Cesare lo sapeva e si sottometteva docilmente alla convenzione. Anche quella volta. Federico Ferrari gli era antipatico, Maria era partita, egli parlava di vecchie cose che non ricordava più, della rosea mummia del direttore, degli altri impiegati, chiedeva scialbamente notizie della libreria di Cesare e finalmente se ne andò.

Egli si recò alla pensione, entrò in camera sua, Gruggi stava facendo pulizia, la stanza era per aria, finestre aperte, chiasso che veniva dalla strada, il letto avvoltolato, si vedeva sotto la rete arrugginita. Pure rimase lì, rispondendo di no a Gruggi che lo pregava ironicamente di andare in salotto mentre essa finiva la camera. Alzò i piedi quando essa scopò, si alzò quando gli chiese di alzarsi, pensava: “Se ne è andata.” Pensava ancora: “Gli uomini devono star soli.” Invece di dire: “donna danno”, si diceva: “donna dolore”, poi sorrideva.

Finalmente la sua stanza riprese una parvenza di abitabilità, Gruggi uscì, non senza aver detto qualche cosa che egli dimenticò appena l’ebbe udita, tanto che poi si domandò stancamente, a voce bassa: “Ma che cosa ha detto?”

Vi sono i portatori di germi. Gente che ha per esempio i germi della tubercolosi; questa gente non sta male, perché l'organismo resiste a quei germi, li porta soltanto con sé. Sono i portatori sani. Quando uno di questi avvicina chi è suscettibile all'infezione, gli trasmette i germi, senza saperlo. Sono i portatori, portano i bacilli di Koch, o qualche altro bacillo e lo trasmettono, senza saperlo. Le donne sono portatrici di dolore, fanno soffrire senza saperlo, senza volerlo. Aveva letto una volta di un medico che allontanò la madre, sana, dalla figlia malata di petto. La madre era sana ma infettava la figlia appena questa accennava a migliorare. La madre gridò contro questa empietà, era assurdo che una sana infettasse una malata, eppure era così, essa era una portatrice, i germi vivevano nel suo organismo come in una gelatina di coltura. Il dolore vive nelle donne allo stesso modo, esse lo diffondono, lo propagano incoscientemente.

"Se ne è andata," pensava. A momenti voleva illudersi che nel biglietto non vi fosse scritto ciò che sapeva con troppa certezza che vi era scritto, ma qualche altra cosa. Per esempio che essa era partita momentaneamente ma che tornava presto. E poi pensò: "Potevo chiedere alla segretaria l'indirizzo dei Cantelli, me lo avrebbero dato." Finalmente aprì il biglietto.

"È troppo pericoloso stare vicini. Oggi al cinema stavo per chiederti di portarmi via con te, stavo per chiedertelo anche al momento di lasciarti. Sii buono, Cesare, andiamo ognuno per la nostra strada. Sei l'unico uomo che ho amato, speriamo di non incontrarci più, non potrei resistere una terza volta. Maria."

Allora si buttò bocconi sul letto appena rifatto, il biglietto stretto nel pugno e stette così. Il telefono suonò parecchie volte, infine comparve Gruggi che aveva domandato permesso e nessuno le aveva risposto.

"Non sentite il telefono? È mezz'ora che chiama."

Egli non rispondeva. Credendo si sentisse male la cameriera lo scosse. "Che c'è?" chiese.

"Niente," mormorò Cesare.

"Perché non avete risposto al telefono?"

"Non ne avevo voglia."

Gruggi lo guardò irritata, senza rispondere se ne andò sculettando, i clienti sono matti, lo sapeva benissimo, niente l'avrebbe meravigliata.

Egli rimase disteso sul letto nella stessa postura di prima. Aveva voglia di fumare, ma non voleva muovere un solo muscolo, nella mano sudata teneva sempre il biglietto di Maria; aveva fame, ma non avrebbe fatto un passo per mangiare; il laccio della scarpa stringeva troppo ma non avrebbe mosso un dito per allentarlo. Non sapeva come, ma gli tornava in mente la madre, una volta aveva appuntamento con lei al Castello, egli era arrivato un'ora dopo, essa era ancora lì, l'aveva atteso sessanta minuti, più di sessanta minuti, non disse nulla e fu felice di vederlo, come lo rivedesse dopo anni e l'aveva lasciato al mattino. Gli tornava in mente la madre e questa scena al Castello e non sapeva come. La nostra memoria ha dei rigurgiti che noi non sappiamo spiegare. E stava sempre sul letto, quando il biglietto nella mano sudata gli dette fastidio fece un breve lento millimetrico gesto e lo lasciò cadere in terra. Se ne era andata.

Il telefono suonò ancora, per una, due volte, lo lasciò suonare, poi per evitare discussioni con Gruggi prese il ricevitore allungando il braccio sul comodino.

"Pronto."

"Ti ho telefonato anche prima, dove eri? Sono stata in libreria e non ti ho trovato."

Era Candida. Chi è Candida? Ah, sì, una donna, gli pare di ricordare, una donna che abita in via Montenapoleone, ma è curioso, come è curioso.

"Sono un po' stanco," le disse.

"Che cos'hai? Che cosa t'è successo? Non hai una voce giusta."

"Niente. Non è niente."

"Vengo a prenderti, andiamo a pranzare insieme."

L'idea di muoversi dal letto sul quale era disteso gli parve terribile. "No," rispose. "Lasciami solo, Candida, ti telefonerò io."

Dopo una pausa la voce di lei arrivò mormorante: "Ho paura, Cesare; che cos'hai?"

"Ma niente, sta' tranquilla. Ti telefonerò io," ripeté.

Docile gli rispose: "Va bene."

"Ciao." Appoggiò il ricevitore, il braccio gli cadde sul letto. Venne l'ora di pranzo, vennero le due. Si alzò una volta sola. Avevano domandato permesso, doveva essere la signora Marina, la padrona della pensione, egli si alzò e chiuse la porta a chiave: "Lasciatemi stare," mormorò.

Prima di rimettersi sul letto bevve un bicchiere d'acqua, vinse la tentazione di bere alla bottiglia e ordinatamente versò l'acqua nel bicchiere, bevve, si distese di nuovo.

Benedetta. Non voleva farlo soffrire, certo, voleva renderlo felice. Pure lo aveva fatto soffrire. Maria, lo voleva rendere felice, lo avrebbe potuto, invece fuggiva, senza colpa sua. Candida, ambigua, pareva lavorare sottilmente per la sua gioia e il suo dolore insieme, ma a ogni modo egli non l'amava e forse anch'essa non amava lui. Marta era lontana, per quanto si sforzasse di ricordarla, di pensarvi, non era che una confusa immagine. Noi non vediamo che ciò che vogliamo vedere. Gli occhi non servono a nulla se vogliamo negare il sole. Certo qualcuno avrebbe pensato che egli era un fortunato giovanotto corteggiato dalle donne. Eccolo lì disteso, il fortunato giovanotto, vinto.

Cedette prima al fumo. Mise in bocca la sigaretta, aspirò, ma fu come se cominciasse a fumare allora, non avesse mai fumato prima, il tabacco era aspro alla gola, aspro ai polmoni, lievi capogiri lo assalivano. Allora ordinò qualche cosa da mangiare. Dal centralino del telefono la signora Marina rispose che a quell'ora, le sei del pomeriggio, non aveva che un po' di verdura. Si fece portare la verdura, mangiò in fretta, in fretta uscì, c'era anche una libreria nella sua vita, gli rimaneva almeno quella, una grotta piena di libri, un rifugio dove mille voci scritte parlavano sommesse nelle pagine. Arrivò appena in tempo, Cristina stava per chiudere, fu contenta di vederlo. Gli raccontò che c'era stato un brubrù che voleva comprare mezza libreria, lei gli aveva detto di tornare quando vi fosse stato il proprietario, era un tipo magro, piccolo, nero africano, portava un cappello con le tese larghe, aveva chiesto un sacco di informazioni sul negozio, che essa non aveva dato. Gli raccontò anche dell'impiegato delle assicurazioni che lo aspettava in ufficio per il contratto.

"Quel tiratardi," disse Cesare. Guardò la minuta degli incassi. Nessun segno di ripresa, c'era da ringraziare che gli introiti non diminuissero ancora.

"Non ti senti bene?" gli domandò Cristina.

"No, sto bene. Va' pure, io rimango in negozio," disse Cesare.

Si fermò in negozio tutta la notte, senza alcuno scopo. Ricordò i primi giorni in cui lavorava a rimodernare la libreria. Benedetta e Cristina avevano dormito sulla scrivania, su un materasso fatto con la carta da pacchi, un mucchio di libri per cuscino, egli stava sulla poltrona e le aveva guardate dormire. Anche adesso stava sulla poltrona, ma la scrivania non era più un letto, nessuno era con lui. Quasi ne ebbe piacere. Pensava: "Mi abituerò a star solo con i libri."

Si svegliò parecchie volte durante la notte, la luce era accesa, accecante. "A quest'ora sarà nella sua villa, in Toscana, dormirà nel suo letto, domattina vedrà il conte che la deve sposare e comincerà a imparare a volergli bene." Poi si riaddormentava per poco, non sognava, la pelle bruciava negli abiti, l'odore dei vecchi libri era più acuto che di giorno, i titoli lo guardavano dagli scaffali, innumerevoli, era come fissare gli occhi in un formicaio. "Ora Cesare starà sempre solo," pensò.

Le ore, i giorni e le notti, sono un artificio umano per dividere il tempo, ma non esistono. Chi è saggio non divide mai il tempo, lo vive soltanto. Cesare viveva saggiamente, tutto il giorno in libreria, la notte alla pensione, curando il suo lavoro con la pedanteria di chi ne fa lo scopo unico della vita. La vetrina era fatta a nuovo ogni due giorni, grossi cartelli che egli stesso disegnava avvisavano i passanti del prezzo, del valore del libro, dell'interesse del contenuto, li invitavano a entrare e a sfogliare liberamente negli scaffali senza obbligo di comperare. "*Storia della letteratura italiana* di Francesco De Sanctis – il più grande critico del secolo scorso, la più profonda analisi letteraria – edizione economica in tre volumi – un libro assolutamente necessario nella casa di ogni persona." Oppure: "Che cosa è la gastroenterostomia? Questo libro ve lo dice, vi svela i segreti della chirurgia e la sua storia attraverso i secoli". I libri di grande formato, con molte illustrazioni erano esposti aperti alla figura più interessante, se era a colori meglio ancora; da un lato il cartello con la dicitura: "L'alchimista Van Leondgent lavora alla scoperta della pietra filosofale nel suo laboratorio – edizione rarissima – lire quarantacinque", o anche: "La bella Otero – questo libro contiene la sua biografia completa – introvabile".

A mezzogiorno e a sera mangiava con Cristina nella solita piccola trattoria del cacciatore che aveva perduto il cane (ma l'aveva ritrovato e ora parlava con i clienti delle cacce che avrebbe fatte di lì a poco). Sedeva in quella trattoria piccola e buia, davanti a Cristina che mangiava svogliatamente le insipide cose fatte apposta per lei, costretta a rifiutare le piccanti vivande segnate in lista, quindi l'accompagnava a casa, quindi era solo. Si mise a studiare di nuovo il latino che aveva abbandonato da tanto tempo. "Iamque rubescebat stellis Aurora fugatis – cum procul obscuros colles humilemque videmus – Italiam primus conclamat Achates, – Italiam laeto socii clamore salutant." E faticosamente traduceva: "E già rosseggiava l'aurora mentre fuggivan le stelle, quando da lungi vediamo oscure colline e una terra bassa, l'Italia. – Italia! – grida Acate per primo. – Italia! – la salutano i miei con giocondo clamore". Studiava anche in libreria, le giornate erano pigre e intense, il corpo s'impigriva sulla poltrona, la mente lavorava intensamente sui libri, dimenticava ogni altra cosa. Cristina spesso lo lasciava solo. "Bibi al pancino," diceva sorridendo, il volto livido, tirato, si metteva il cappello sbadatamente, come un giovanotto, e infilava la porta, allora egli era ancora più contento, la sua solitudine era più viva, senza amarezze, gioiosa, senza rimpianti. Il mondo agitato che aveva lasciato non era per lui.

Candida gli aveva telefonato due o tre volte, egli aveva risposto evasivamente. Una volta era venuta, evasivamente se ne era liberato, promettendo di andare, appena avesse avuto tempo, di stare un poco con lei, la sua espressione di umile e altera sofferenza non lo commosse. "Non capisce che è tutto finito," pensò.

Un giorno venne anche Arturo. Cesare era solo in negozio, Cristina era andata via per la bibi al pancino. Il cugino di Candida si fermò davanti alla scrivania, la sigaretta in mano. "Passavo di qui e ho pensato di venire a comprare qualche libro," disse. Non era ironico, solo si capiva che non aveva intenzione di comprare libri.

Cesare gli porse il catalogo. Arturo lo sfogliò con una mano, l'altra sempre occupata con la sigaretta; disse, fingendo di leggere: "Pare che Candida sia innamorata sul serio." Egli non rispose e allora Arturo continuò: "Ma le passerà anche questa. Un bel giorno si sveglia e se le parlano di Cesare, o di Gerolamo, risponde: chi è Cesare? Non lo ricorda davvero più, io la conosco. Te lo dico per amicizia, perché tu non prenda la cosa sul serio, come l'affare della libreria. Ti scaldi troppo quando ti deludono, meglio avvertirti in tempo." E siccome egli non rispose ancora, seguitò: "Lei parla di sposarti e sarebbe capace di farlo, ma non te lo consiglio; non è la donna che fa per te."

Cesare disse calmo: "Hai paura che te la portino via?"

Allora Arturo guardò la cenere della sigaretta, la fece cadere in terra, aspirò il mozzicone, lo buttò via. "Può anche darsi," disse. "Ma quello che ho detto è la verità."

E Cesare, calmo e sordamente calmo, disse: "Che cosa vuoi, allora?"

Arturo porse il catalogo a Cesare, ebbe una breve smorfia che poteva essere un sorriso. "Libri," disse.

"Credevo qualche cosa d'altro," mormorò Cesare.

Il cugino prese un libro a caso dallo scaffale più vicino, disse: "Questo."

Cesare glielo levò di mano senza scortesia, ma fermamente: "Meglio uscire." E aggiunse: "Non occorre comperare."

Arturo mise le mani nelle tasche del soprabito, si volse, uscì tranquillo. Erano già le sette passate, Cesare chiuse il negozio e andò a fare una passeggiata in centro. Gli sembrava di spogliarsi a poco a poco di ogni scoria, di rimanere solo e innocente, presto nessun Arturo, nessuno, qualunque nome avesse, lo avrebbe più tormentato.

Capitolo VII

Prima cominciò a bruciare lo scaffale dei libri di scienza. Tutta la fila dei Flammarion era già ridotta un'ardente brace quando la soprastante fila delle varie introduzioni, alla matematica, alla filosofia, alla psicologia eccetera, fiammeggiò, vampò, in una densa nuvola di fumo nero. Piccoli allegri focolai già si erano incuneati nello scaffale vicino, dei libri di storia, mordevano le rivoluzioni francesi, le biografie romanzate di Maria Stuarda, le verità sul caso Dreyfus, l'eccidio di Sarajevo, i ribelli della Vandea, l'inquisizione di Spagna, gli orrori della Siberia, Alessandro Magno e i Diadochi, il fatale amore di Mata Hari, romanzo e realtà, l'invenzione della locomotiva. Tutto era un grande calore fumoso, scintille volavano come lucciole nel buio, il legno verniciato degli scaffali ribolliva, la vernice si sollevava, le tavole del sostegno ardendo sordamente, come una veloce brace in cammino, più che come fiamma, cadevano sui libri sottostanti, i quali, già bruciati, cadevano ancora un poco, quindi, fiammeggianti, i libri volavano a terra, allora ardevano sì e invece del fumo si levava il brivido bianco rosso della fiamma.

Un genio panico dispensava le fiamme dappertutto, celermente portandole come fiaccole da uno scaffale all'altro. Bruciavano in una tempesta di fumo tutti i filosofi, la *Quadruplice radice del principio di ragion sufficiente* di Schopenhauer, insieme con la *Metafisica dei costumi* di Kant, con l'*Enciclopedia* di Hegel e il *Discorso sul metodo* di Renato Descartes. Bruciavano tutti i narratori, i divulgatori, i poeti, le poetesse, gli scrittori di occultismo e quelli di barzellette, autori di vocabolario e quelli di elzeviri. Infine, uno dopo l'altro, con sordo scoppio, andarono in frantumi i tre grossi globi di vetro della luce, la scrivania cominciò ad ardere come un'ara dello Stadio di Atene. Quando i vigili del fuoco, spaccati i lucchetti delle portine spalancarono i battenti, una fumata nera punteggiata di scintille sbottò fuori; in fondo si vide come nella gola di un mostro una fiamma alta e sfrenata ricevere dall'aria nuovo impulso, salire al soffitto, divincolarsi furiosa; il getto d'acqua già puntato al momento non sembrò domarla anche se la colpiva in pieno, un secondo getto ancora più violento la colpì radendo alla base; essa, con un rumore gonfio, un mastodontico sospiro, si afflosciò, si scolorì, cadde a terra, quasi uno straccio; le altre fiamme cedevano invece subito all'acqua, la brace diventava nera, foglie nere di libri volarono nella pioggia torrenziale, in terra divennero fango nel lago che s'era formato, sudicio e tumultuoso di correnti. Dopo il fuoco l'acqua imperversò, strappò, infradiciò, impastò insieme i pochi libri non ancora del tutto carbonizzati. Ultimo a cedere fu il fumo, nidi nascosti di fumo vennero a uno a uno individuati, calpestati, soffocati, ma rimase il suo odore e sarebbe rimasto fino al mattino pieno, e più ancora. L'insegna: "Cesare Vairaghi - LIBRERIA" era stata appena annerita: una lavata, un po' di vernice, non si sarebbe indovinato nulla dell'incendio.

Quando Cesare arrivò era tutto finito. Le portine della sua libreria erano spalancate come bocche senza denti su un vano nero, della vetrina era rimasto in piedi lo scheletro di ferro e qualche pezzo di vetro ancora incastrato nel mastice.

Era l'alba, una serena alba, una tepida alba; un vigile del fuoco gli chiese il nome, cognome, eccetera, volle sapere a quanto stimava il valore della libreria, gli domandò sospettosamente come mai si era incendiata la libreria (se era il proprietario doveva sapere tutto), scese a particolari domande, teso, quasi pensasse che Cesare stesso avesse appiccato il fuoco, gli chiese se era assicurato.

"Non era ancora pronto il contratto, l'avrei dovuto firmare in questi giorni," fu la sua risposta.

Numerose persone, benché fosse presto, stavano ferme a guardare, ascoltavano, solo quando una sirena, la prima sirena delle sette suonò fastidiosa, qualcuno si mosse, gli altri rimasero, statue dagli occhi vivi pieni di interesse.

"I documenti," chiese il vigile.

Cesare glieli mostrò, l'altro li osservò, prese nota dei numeri di matricola, disse che lo avrebbero mandato a chiamare. Solo allora egli poté entrare nella sua libreria. Calpestò ciò che rimaneva, un fango nero, una melma. Guardò i resti degli scaffali, non un libro era rimasto in piedi, non un pezzo di legno era intero, una lebbra nera aveva divorato tutto.

"Bel guadagno," gli disse il portinaio dello stabile entrando con lui. E gli spiegò per la seconda volta come era accaduto. Stava dormendo, quando aveva sentito bussare al portone con tutta forza, va ad aprire, è una donnetta, una di quelle vecchiette che vanno a messa presto la mattina, gli dice che lì vicino, nel negozio, ha visto del fumo e delle faville, allora è corso a chiamare i vigili del fuoco, quando questi erano arrivati avevano chiesto del proprietario del negozio, e allora lui aveva fatto telefonare alla pensione, e allora... Cesare ascoltò ancora tutto il racconto, fino alla fine, poi rispose alle domande del portinaio e anche a quelle dei curiosi che lo attorniavano e tutti, quando sentirono che non era assicurato, dissero che era un disastro, un vero disastro, ma diamine, coi libri non si scherza, pigliano subito fuoco, bisognava assicurarsi subito, e succede sempre così quando uno rimanda le cose che deve fare. Cesare ascoltò tutto, rispose a tutti, era molto meno preoccupato di coloro che lo interrogavano e che vedevano in lui il Fallimento per Imprevidenza e Pigrizia, il simbolo dell'Uomo Rovinato da un Incendio. Non bastò, cominciarono le indagini dei presenti, oltre quelle fatte dal vigile del fuoco, sulle cause dell'incendio, il senso dialettico degli scopritori non faticò molto a concludere che la causa doveva essere stata un mozzicone di sigaretta non spento bene, buttato magari nel cestino della carta, come fanno molti.

Così egli non solo rappresentava ai loro occhi l'Imprevidenza e la Pigrizia ma anche la Distrazione Fatale, la Sciamannaggine Sciagurata perché incendiava il proprio negozio buttando i mozziconi delle sigarette nel cestino.

Egli si rivedeva invece meticolosamente spegnere i mozziconi nel portacenere, e quando il portacenere era pieno buttarli in terra e maleducatamente schiacciarli col piede sporcando tutto il pavimento (ma un mozzicone schiacciato non brucia più).

Rivide anche Arturo, la sera prima, che fumava davanti a lui, guardava la sigaretta che si consumava, in quel modo che lo aveva sempre irritato, e poi aveva buttato la sigaretta in terra, era caduta vicino allo scaffale; egli l'aveva ben veduto, tanto che aveva pensato: "Vorrei sbattergli sul muso il portacenere", ma poi si era trattenuto, non aveva detto nulla e aveva dimenticato il mozzicone acceso vicino allo scaffale.

Ora questo ricordo era un calmo ricordo che non sommoveva nulla in lui, veniva, passava, tornava, senza che egli vi si appassionasse.

E non bastarono le domande sospettose del vigile, le indagini dei presenti, vi furono anche le valutazioni del danno; un falegname calcolò le scaffalature chiedendo a Cesare se erano verniciate o lucidate, discusse perfino con un altro che non voleva accettare la sua valutazione trovandola esagerata, misurò col metro che aveva in tasca, disse che lui se ne intendeva, rimase a discutere col suo avversario mentre Cesare lo abbandonava per continuare a camminare stanco nella poltiglia nera colata sul pavimento, toccando un pezzo ancora caldo di scrivania, trovando una manopola d'ottone dei cassetti, le molle della poltrona, la scatola di cera per pavimenti usata dal fattorino, era vuota e lucida come non vi fosse stata mai cera, mentre egli ricordava che era stata comperata da pochi giorni; ogni tanto sotto i suoi piedi si frantumavano i vetri dei tre globi di luce.

E non bastarono le domande sospettose del vigile, le indagini dei presenti, le valutazioni del danno patito; vi furono anche i ricordi di ciascuno sugli incendi visti in passato. Iniziarono, i presenti, prima con i piccoli incendi nei cascinali, poi seguirono gli incendi dei grandi palazzi in città, arrivarono quindi al dramma dei fratelli Bocconi che rifecero i loro immensi magazzini e li chiamarono Rinascente, infine, ma non c'entrava, Cesare li udì parlare dello scoppio delle polveriere; una volta, dissero, era scoppiata una polveriera e a sedici chilometri di distanza i maiali erano morti per il grande tuono.

Si allontanarono alla spicciolata verso le otto, ogni tanto qualche passante si fermava, metteva il capo dentro, vedeva Cesare girare, poi se ne andava. Cesare girava per il lungo negozio, guardava attraverso la vetrina il leggero desiderio di sole che già scendeva dall'alto nella stretta via. "Chissà poi perché non ho spento quel mozzicone," si diceva calmo pensando al mozzicone di Arturo. Calmo, se lo diceva, ormai tutto era passato, il colpo forte era già venuto e trascorso. Dormiva quando gli avevano telefonato e aveva risposto: "Sì, sì, vengo subito"; appena messe le gambe fuori dal letto, appena in piedi, un calore malsano gli aveva cominciato a salire e a discendere per tutto il corpo. "Calma, calma," si era detto, ma sentiva che non poteva essere calmo; allacciandosi le scarpe aveva pensato: "Speriamo che sia una cosa da poco. Certo i vigili sono stati chiamati subito." Ma i vigili non erano stati chiamati subito, quando erano arrivati non c'era da salvare più niente. Ma egli si era illuso e sapeva d'illudersi, perché un incendio in una libreria non grande come la sua non può essere una cosa da poco. S'era messo il cappello in testa senza pettinarsi, per essere laggiù al più presto. In piazza Missori non v'era neppure un tassì, quasi avrebbe pianto dalla rabbia, ma poi aveva pensato: "Posso andare a piedi, tanto va a fuoco anche senza di me", un pensiero che lo aveva gelato, quel gelo che desiderava per essere calmo, per non sbracciarsi ridicolmente. Era ancora un po' in ansia, mentre camminava, ma quando era arrivato davanti alla sua libreria e di sano non aveva visto che l'insegna, e tutti gli erano andati incontro come se egli potesse spiegare con precisione per quale motivo e a quale minuto era scoppiato l'incendio, allora ogni residua sotterranea agitazione era scomparsa. "Ah, sì," pensava guardando il bitume nero che scorreva sul pavimento, i resti carbonizzati degli scaffali, la vuota oscura desolazione di tutto l'ambiente, "ah, sì." E poi di nuovo toccava la manopola d'ottone rimasta attaccata a un pezzo di cassetto e l'osservava con curiosità.

Arrivò il vecchio fattorino che rimase senza parola a lungo, a lungo, terribilmente a lungo, osservando il negozio e il suo padrone, entrando sospettoso nell'interno, sospettoso mettendo il piede nella fanghiglia.

"Che disaster!"

Parlò e ascoltò il fattorino, Cesare. Affari non ne aveva più, poteva benissimo ascoltare e parlare. Gli disse che erano andati bruciati anche i suoi libretti assicurativi, ma che tornasse qualche giorno dopo alla pensione – e gli dette l'indirizzo, – che avrebbe provveduto lui a fare le pratiche per avere il duplicato. Poi gli venne in mente Cristina, era meglio evitarle una gita inutile, stava anche poco bene, e avvisarla che non occorreva venisse in libreria. Se ne andò, lasciando il negozio così come stava, aperto, e non si poteva più chiuderlo e anche se si fosse potuto, a che scopo? Tranquillo uscì da via Gozzadini, andò in corso Roma e si fermò dal tabaccaio per bere un caffè, poi accese una sigaretta e proseguì.

Fu una bella passeggiata, pensava con ordine a tutte le cose che doveva fare, vi pensava quasi con sollievo, perché poi tutto sarebbe finito, egli sarebbe stato libero, la minacciosa discesa degli incassi non lo avrebbe più tormentato. Cristina gli venne ad aprire, s'era appena alzata, dalla pelle del volto maculata, dagli occhi, capì che era stata male tutta la notte, forse stava male ancora adesso.

"Se non ti curi, però," le disse. Sedette sul divano, proseguì: "È andato a fuoco il negozio, non s'è salvato niente, e poi, cosa vuoi salvare. Sono venuto ad avvisarti che puoi restare a casa."

Cristina si versava un po' di latte nel bicchiere, finì di riempirlo, posò la bottiglia e non disse nulla. Stava soltanto lì, ferma, come aspettando che egli parlasse ancora, sospettosa della sua quieta maniera di darle la notizia, come temesse all'improvviso di vederlo scoppiare, urlare, rompere qualche cosa.

"È stato stamattina," disse ancora Cesare, non indifferente, ma non preoccupato, soltanto preciso, obiettivo. "Deve essere per un mozzicone di sigaretta, forse quello del cugino di Candida, è venuto a trovarmi ieri sera, prima che chiudessi; il fuoco avrà covato tutta la notte, verso l'alba se ne sono accorti, ma era troppo tardi."

Essa mormorò: "E non eri ancora assicurato."

"Già." Accese una sigaretta, meticoloso buttò il fiammifero nel portacenere. Disse ancora: "Adesso devo pagare i vigili del fuoco, la penale al padrone di casa, qualche altra cosetta. C'erano anche seicento lire nel cassetto della scrivania."

Cristina beveva il latte, finito si sedette accanto a lui. "Una dopo l'altra," disse.

"Non sono mica rovinato," osservò Cesare e si accorse che la sua preoccupazione per la sigaretta era eccessiva; ogni momento scuoteva la cenere, ogni momento seguiva con l'occhio la brace, quasi temesse volasse via, s'andasse a nascondere, a covare in qualche posto. "Ho quasi settemila lire che mi ha date Montelli. Vedremo, qualche cosa farò." Ma non erano parole di ottimismo, erano, così, pensieri naturali, senza alcun colore morale.

Essa lo seguiva in ogni suo movimento, in ogni sua espressione, forse dubitò che quella calma non fosse che un atteggiamento imposto dalla volontà, o forse pensò che mai alcuna cosa al mondo dovesse averlo interessato, tutto aveva preso così con distacco; se aveva aveva, se non aveva pazienza.

Nessuna cosa al mondo, nessuna libreria lo interessava, niente. Ma questo non poteva essere.

"Si potrebbe vedere di rimettere su tutto," disse Cristina. "C'è il locale, c'è la licenza, occorrerebbe soltanto comprare i libri. Adesso hai del credito, non deve essere impossibile."

"Ho diecimila lire di debito col fratello di Marta," disse Cesare. "Gliele devo restituire a mille lire il mese più gli interessi. Non so come farò."

E anche queste non erano parole di pessimismo, erano semplici constatazioni che egli faceva davanti alla realtà dei fatti, senza spaventarsene. Lasciò Cristina dopo averle detto di curarsi e non preoccuparsi per lui, perché si sarebbe arrangiato sempre, le promise che sarebbe andato a trovarla presto, se aveva bisogno di un po' di soldi non facesse complimenti. Tornò alla pensione a lavarsi e a pettinarsi, poi uscì di nuovo e girovagò per il centro, fermandosi davanti a tutte le vetrine con un vivo desiderio di comprare qualche cosa, non sapeva che. Comprò una matita automatica, una delle migliori a mina continua e fu contentissimo, poi andò alle assicurazioni sociali e chiese il duplicato dei libretti del fattorino. La sua cura in quei giorni fu di non vedere nessuno, perché stava benissimo solo. L'autunno era dolce, la pioggia l'aveva come lavato, sembrava una stanca primavera, Milano era divenuta rosa e il cielo sopra candido e celeste. Il Castello in quel roseo bagno di luce non era più un'antica fortezza ma un morbido fondale di teatro; quasi ogni giorno, specialmente verso sera, egli passava di lì, attraversava la Corte grande, arrivava al cannone, proseguiva un poco, girava intorno alle mura, stava lunghi minuti a osservare la lupa filare da un capo all'altro della gabbia mentre il maschio meno nervoso usciva raramente dalla cavernetta. L'importante era proprio rimanere solo. Usciva presto la mattina dalla pensione e non vi ritornava che la sera tardi; sul tavolo in camera sua trovava il biglietto di Gruggi: "Ha telefonato Scirò; ha telefonato la signorina Cristina." E la sera dopo: "Ha telefonato Scirò; ha telefonato la signorina Selline (era Marta), ha telefonato il signor Selline (era suo fratello)." Certo Giovanni Selline bisognava vederlo, bisognava rassicurarlo che nonostante l'incendio della libreria – doveva averlo saputo dai giornali – egli avrebbe pagato il suo debito. Ma c'era tempo, poi ebbe un'idea, fece un assegno di tremila lire e gliele mandò con la scritta brevissima: "Caro Giovanni, sono occupato, intanto ti mando le prime tre rate, così starai tranquillo, presto verrò a trovarti." Cristina telefonò solo due volte, senza trovarlo mai, ma Candida invece ogni giorno, gli lasciò anche un biglietto alla pensione dandogli un appuntamento al quale egli non andò. La signora Marina, la padrona della pensione, pensava di lui molte cose per tutte quelle telefonate di donne che lei stessa riceveva al centralino e ne pensò di peggio quando una sera, ed era tardi, lei stava per andare a letto, una donna scese dalla macchina che aveva fermata davanti alla sua pensione e chiese di Vairaghi. Combinazione Cesare era ritornato un po' prima del solito, c'era.

"Il vostro nome?" chiese la signora Marina alla donna.

"Scirò," disse Candida.

"Scirò, scirai," pensò la signora Marina, "non è l'ora di venire a trovare i giovanotti." Formò il numero della camera di Vairaghi, dopo qualche momento posò il ricevitore. "Ha detto che verrà lui domattina."

"Fatemi parlare al telefono con lui," pregò Candida.

Con gesto scortese la signora Marina formò ancora il numero di prima poi passò il ricevitore: "Ecco," disse.

Candida parlò con Cesare, la signora Marina la sentì insistere, queste donne del giorno d'oggi sono un vero scandalo, avrebbe avvertito Vairaghi che storie del genere non ne voleva.

Vairaghi discese poco dopo e uscì con Candida, entrò nella sua auto che però rimase ferma.

"Andiamo in qualche posto," disse Candida; mai la sua voce era stata tanto umile, ma forse non umile, sottomessa con tenerezza.

Egli disse: "Ti prego, no, vorrei tornare su subito."

Allora essa batté con le palme aperte sul volante, come una bambina stizzita, mormorò: "Puoi degnarti di ascoltarmi cinque minuti, ho saputo dell'incendio dal giornale, non mi hai detto nulla, ti ho telefonato cento volte e non ti sei mai fatto trovare, sei il primo uomo che prego in questo modo, Cesare."

"Scusami," le rispose. Tacque un poco, l'aria nell'interno dell'auto era piacevolmente calda, gradiva l'odore di benzina. "Non ne ho colpa. Cerco soltanto di star solo perché sto bene solo. Mi dispiace."

“Passerà, Cesare,” disse Candida. “Ti sei snervato troppo con queste librerie, e anche per quello che è successo a, a lei.”

Evidentemente non ricordava il nome, Cesare le suggerì: “A Benedetta.”

“A Benedetta, e anche per quella stupida storia del negozio che dovevamo aprire in centro e poi non è stato aperto. Tu non te ne accorgi, ma è per questo che fai così. Hai bisogno di svagarti, magari di viaggiare. Possiamo fare un bel giro in macchina per una quindicina di giorni, al principio non ne avrai voglia ma poi senza accorgertene comincerà a piacerti.”

“Se fossi solo,” mormorò Cesare.

Candida avviò la macchina. “Non possiamo sostare qui,” disse. Le era salito alla faccia un mare di sangue, disperazione e orgoglio ferito.

“Resta nei dintorni, per favore,” pregò Cesare, “voglio tornare subito a casa.”

Essa fermò in piazza Missori, l’orologio sul cruscotto mandava una debole luce azzurrina. “Vorrei aiutarti per rimettere su la libreria,” disse Candida, “ma tu naturalmente non accetterai aiuti.”

“Cerca di capire,” fece Cesare. “Gli uomini devono fare da soli e per il momento poi non voglio librerie.”

L’umiltà, la sottomessa tenerezza di prima sparivano lentamente, Candida mormorò quasi fredda: “Sei un bambino. Da qualche mese stai pestando i piedi in terra come un bambino e non sai neppure tu quello che vuoi. Bisogna davvero lasciarti solo, ti passerà.”

Quietamente Cesare disse: “Passerà. Lo dice anche Arturo.”

"Che cosa dice Arturo?" domandò Candida. "Non mi vuoi bene e sei stupidamente geloso di lui."

Cesare persistette. "Arturo dice che passerà anche a te, che prima muori per Cesare o per Gerolamo e poi una mattina ti svegli e dici: 'Chi è Cesare?'"

"Può darsi. Non ho mai parlato di amore eterno, io."

"Io vado," disse Cesare. "Non la prendere così, Candida. Ciascuno è fatto a suo modo, irrimediabilmente. Può darsi che io sia fatto male."

"No. Sei soltanto ancora da fare, come un bambino, con gli orgogli irragionevoli dei bambini. Se crescerai e diverrai adulto mi darai ragione." Mise in moto, riportò l'auto davanti alla pensione. Egli discese, richiuse lo sportello, al finestrino disse: "Tu hai ridotto la vita ai soldi e ai piaceri, io cerco qualche cosa di più. Sposa Arturo, è l'uomo che fa per te, soltanto sta' attenta dove butta i mozziconi di sigaretta, può darsi che mandi a fuoco anche te." Le prese la mano che essa teneva sul volante, le strinse dolcemente il polso. "A ogni modo grazie, sei stata buona con me, ma non siamo fatti per stare insieme."

Rientrando alla pensione, sentì alle spalle il rombo del motore e poi il fischio lungo dell'auto veloce che s'allontanava.

Il più difficile, ma anche il più bello, era proprio star solo. Dovette andare da Cristina, forse stava poco bene e aveva bisogno di soldi, ma poi avrebbe cercato di evitarla sempre di più. Vi andò una sera e si fermò da lei cinque minuti. Stava leggendo. Disse che non aveva bisogno di nulla, aveva una lettera da dargli da parte di Benedetta, era stata a trovarla. Egli prese la lettera e se ne andò.

"Cesare caro, Cristina mi ha detto della libreria. Vieni a

trovarmi, ho paura a saperti solo a Milano dopo quello che ti è successo. Vieni subito appena ricevi questo biglietto. Non disperare, penseremo insieme a quello che si deve fare, troveremo una soluzione, vedrai, soltanto non star solo, non voglio. Ti aspetto. Benedetta."

Non c'è molto da pensare, cara Benedetta. Forse anche lei credeva come Cristina che lui avesse dei crediti. "Ah, sì," pensava. E poi si domandava: "Chissà perché non ho spento quel mozzicone", e rivedeva Arturo che gettava il pezzo di sigaretta in terra, vicino allo scaffale, lui lo vedeva bene, lo sapeva bene che poteva dar fuoco a tutto ma non si era mosso, poi aveva dimenticato. Escluse le pratiche coi vigili del fuoco, col padrone di casa per l'affitto della libreria, non faceva letteralmente nulla, provava per la prima volta il piacere velenoso della pigrizia e della solitudine. Ogni tanto comprava una matita automatica, poi a casa la provava subito disegnando bizzarre casette come faceva da bambino; studiava, ma più che studiare si portava appresso la grammatica latina, nei caffè, nelle trattorie dove andava, ai giardini e la leggeva come un libro, appena finito di leggere il giornale; leggeva pagine e pagine di seguito della grammatica senza ritornare mai su un solo paragrafo, fendendo senza soste il gran mare dei verbi, l'oceano delle declinazioni, la spinosissima macchia della sintassi, allegramente incosciente dell'inutilità di quelle letture.

Scrisse un giorno Giovanni Selline: "Caro Cesare, grazie per le tremila lire, ma appena saputo di quanto ti era capitato sono rimasto d'accordo coi miei soci di sospendere per il momento le tue rate. Non ti preoccupare quindi per i pagamenti, la prima volta che vieni a trovarmi ne parliamo. Tanti saluti da me e da mia sorella. Giovanni."

Per un po' quella lettera lo commosse, pensò di andarlo a trovare, di ringraziarlo, ma poi ebbe paura, si era isolato tanto bene, non aveva alcuna voglia di ricominciare, con nessuno. Faceva eccezione per Cristina, perché stava male e l'andava a trovare almeno una volta alla settimana. Una volta le chiese come vivesse, perché non voleva soldi da lui.

"Che t'interessa? Non ti riguarda. Grazie per i soldi," rispose. Doveva avere bibi forte al pancino, infatti poco dopo si distese sul divano, gli occhi pieni di lacrime, e lo pregò di scaldarle un piatto sul gas.

"Non hai il termoforo?"

"Mi si è rotto."

Egli andò in cucina, accese il gas, mise un piatto sulla fiamma. Era un pomeriggio nuvoloso, in cucina v'era l'odore degli ambienti abbandonati, nella credenza aveva visto la bottiglia dell'olio vuota, la scatola della conserva di pomodoro vuota, la terrina del burro vuota, i piatti opachi perché non adoperati mai, escluso quell'uno che era sul lavandino e del quale essa si serviva sempre. Le portò il piatto che scottava, essa se lo mise sul ventre, dopo un poco, quando il calore l'ebbe calmata, mormorò asciugandosi le lacrime: "Scusami, sono tanto nervosa in questi giorni."

"Niente," sorrise Cesare.

E ancora dopo un poco Cristina domandò: "Sei stato da Benedetta?"

"Non mi sento," rispose Cesare.

"Sta tanto in pena per te." Di nuovo il dolore riprendeva dopo l'effimero sollievo. Cristina si volse schiacciando il ventre sul divano, quasi piangendo di rabbia: "Dice che devo starti appresso, che non devo lasciarti solo, ma sei diventato come un pezzo di sapone spinoso, scivoli e fai male. Non farti vedere, almeno."

Egli andò in cucina, silenziosamente, fece scaldare un altro piatto che si crepò sulla fiamma con un secco, mite scricchiolio, glielo portò. La mattina dopo tornava col dottore e con una donna di servizio trovata all'agenzia. Mentre il dottore visitava Cristina, Cesare mostrava la casa alla vecchia donna dallo sguardo avvilito, e le spiegava che doveva badare alla padrona, soprattutto, e cucinarle secondo la dieta che avrebbe dato il dottore e farle da infermiera. La donna, si chiamava Armida, disse di sì, naturalmente, e cominciò subito a far pulizia. Doveva essere un animo paziente, la povertà doveva averla intenerita, resa buona, alacre, più di quanto fosse stato nel suo carattere.

Il dottore andandosene lasciò una lunga ricetta. "Dieta e riposo, per il momento non c'è altro da fare," aveva detto. La dieta ordinata aveva fatto storcere il naso a Cristina. "Sogna lui, se crede che mangerò tutta la vita in questo modo. Non sono un neonato."

Avevano riso. Per una settimana andarono avanti così: Armida cucinava anche per lui, ma egli si faceva vedere da Cristina solo ai pasti, poi spariva per tutto il pomeriggio. Alla pensione aveva un notevole corredo di matite automatiche comperate nelle sue pigre passeggiate per Milano, la sera le provava, teneva in tasca quelle che gli piacevano di più per usarle l'indomani nei caffè. Benedetta aveva scritto, egli non aveva risposto. Sì, un giorno sarebbe andato, non adesso, incaricò Cristina di scrivere lei a Benedetta queste cose: adesso lui si riposava, sarebbe andato un giorno. Cristina disse: "Sei diventato anche malvagio. Benedetta ti aspetta, non ti ricordi più di lei."

Egli tacque. Quel giorno però andò ad attendere Arturo sotto il portone di casa. Abitava in via Pietro Verri, vicino a Candida. Sempre lo rivedeva guardare la cenere della sigaretta, poi gettare il mozzicone vicino allo scaffale. Forse da quando si era incendiata la libreria non aveva visto altro, ora lo capiva, e non aveva visto altro che quegli scaffali ardenti fiammeggiare, il fuoco girare da scaffale a scaffale, tutto bruciare, tutto ridurre a briciole nere.

Sapeva che Arturo usciva verso mezzogiorno per andare a bere l'aperitivo, lo attese fiducioso, quando lo vide comparire gli sorrise perfino perché in fondo non lo odiava, non provava nulla per lui, se non il desiderio di saldare con giustizia il conto della libreria bruciata.

Arturo indossava un abito grigio pesante e sulle spalle il soprabito con le maniche vuote che gli ballavano mentre egli camminava.

"Vuoi venire un momento con me?" gli chiese Cesare. "Qui in città non si può discutere tanto perché ci separano subito."

"Tu sei matto," fece Arturo.

E non era soltanto per la libreria, era l'uomo che voleva punire, il tipo d'uomo, il suo freddo scetticismo, la sua irrisione di ogni cosa, una meticolosa derisione discreta che sempre lo aveva fatto bollire, dalla prima volta che lo aveva veduto, mai lo aveva abbandonato. "Mi hai bruciato il negozio quella sera che sei venuto a trovarmi," gli disse camminandogli a fianco verso San Babila, "col mozzicone, ho visto bene. Forse l'hai fatto apposta, non lo so, forse no. Non pretendo molto se ti chiedo di venire un momento con me. Andiamo in un posto che conosco, verso Chiaravalle, non ci disturberà nessuno."

Arturo rise, ma con cordialità, questa volta, senza irrisione, "Ogni volta che ci incontriamo vuoi prendermi a pugni. È una mania," disse. "Adesso con la scusa del mozzicone. Se l'hai visto potevi spegnerlo, perché non l'hai spento?"

"Non lo so," mormorò Cesare. "Me lo domando ogni tanto da quella sera. Ma adesso non importa, prendiamo un tassì e andiamo."

Erano arrivati in San Babila, lunghe file di tram e auto procedevano lente, la fioraia vicino alla colonna lavorava intensamente vendendo la sua merce alle signore alzatesi da poco e a qualche dattilografa che era in piedi dalle sette. Il volto di Arturo si rannuvolò. "Forse tu hai capito male," disse. "Perché una volta mi son lasciato dare uno schiaffo, forse tu hai capito che io ho paura di te."

E adesso Cesare capiva perché non aveva potuto amare Candida, anche se era bella, anche se gli voleva bene, anche se era diventata buona. Quel cugino che da lontano la seguiva, l'attendeva, la circondava, aspettava, dal quale forse neppure lei stessa sarebbe stata capace di liberarsi e che avrebbe finito per sposare, quell'uomo, Arturo, impediva ogni amore tra Candida e lui. "Hai paura," gli disse, non perché credesse che l'altro avesse davvero paura, ma per raggiungere più presto il suo scopo.

"Ora bisogna finirla," disse Arturo. Deciso si avvicinò a un tassì, entrò seguito da Cesare. L'auto attraversò faticosamente il centro affollato, poi più velocemente imboccò corso Roma, corso XXVIII ottobre, arrivò in piazzale Corvetto, voltò a destra, ancora a sinistra, sempre in silenzio essi stavano, solo poco prima di arrivare Arturo disse: "Non ho visto mai una cosa più stupida di questa."

"Ecco qui," disse Cesare al conducente, appena la macchina ebbe superato il piccolo ponte che univa lo stradone alle case di Chiaravalle.

Discesero, egli conosceva bene quella strada, l'aveva fatta con Benedetta altre volte, ma allora c'era il sole, adesso una leggera nebbia che il mite sole d'ottobre non riusciva a disciogliere aleggiava a mezza altezza, e per la stradetta in cui s'inoltrarono v'era un senso di umido pregnante, Milano sembrava molto più lontana di quanto fosse.

Abbandonarono la stradetta, entrarono in un piccolo campo cintato da alti, esili alberi disposti con ordine sulla riva di minuscoli canali. "Non ci vedrà nessuno," disse Cesare fermandosi.

La nebbiolina sembrava più compatta in quella specie di stanza, di covo naturale tra le foglie, sul terreno di fango quasi duro l'ultima erba stava rada, gialla, senza vita.

Con indolenza Arturo ripiegò il soprabito e lo depose in terra, intanto diceva: "Non sarebbe meglio che ragionassimo un poco? Non mi piacciono le ragazzate."

"Attento," disse Cesare e gli era già addosso. Sentiva che l'altro aveva ragione e appunto per questo la furia cresceva in lui. Sentiva che aveva sbagliato tutto in quegli ultimi tempi, da quando Benedetta non era più vicina a lui, da quando era svenuto quella volta, in clinica, quando il dottore aveva detto di comprare la carrozzella, e più era sbagliato, più un ingrato furore lo stringeva nella gola. Da quando era rimasto solo, da quando era rimasto senza Benedetta, aveva sbagliato ogni giorno, ogni giorno di più, ogni giorno peggio e adesso questo Arturo che lo aspettava e sfuggiva senza muoversi troppo davanti ai suoi colpi, era il suo ultimo, il suo più stupido errore. Per questo cercava di colpirlo con tanta disperata e inutile rabbia e l'altro, senza muoversi troppo, scivolava, si volgeva, lo colpiva poche volte, neppure forte, quasi non volesse fargli male; anche se non sorrideva egli vedeva l'irrisione nei suoi occhi, nella sua tranquillità, nel suo respirare tecnicamente dal naso, mentre egli a bocca aperta ansava, incassava tutti i colpi, non riusciva a pararne nessuno.

Si trovò a terra, era fresco, stava bene, soltanto non aveva voglia di alzarsi. Arturo era sopra di lui, lo guardava e attendeva che egli si alzasse. Egli pure lo guardò, ma non si alzò. Poi guardò i fili dell'alta tensione, gli stessi che aveva osservato con Benedetta l'altra estate, seduto sul basamento del pilone accanto a lei, in silenzio. "Se fossi stato sempre vicino a te, Benedetta," pensò, "se fossi stato sempre vicino a te."

"Cesare," e Arturo si chinò su di lui, "alzati." Lo aiutò, per quanto egli si sentisse bene, e anche sul viso non avesse nessun segno, pareva non fosse accaduto nulla, neppure ad Arturo che si ravviò i capelli.

In piedi Cesare barcollò un momento, ma poi si riprese subito e camminò appena sostenuto da Arturo che lo teneva per un braccio.

"Cosa ti senti?"

Egli non rispose. Non sentiva nulla, soltanto non voleva parlare, quasi si vergognava di quanto era successo.

"Vuoi bere qualche cosa?" domandò Arturo, ma egli scosse il capo, no, non voleva nulla, la sola idea di aprire la bocca per parlare o per bere gli sembrava una cosa strana, curiosa. In piazzale Corvetto trovarono un tassì. Arturo gli chiese dove voleva essere accompagnato, egli fece il gesto di andare avanti, a gesti fece voltare l'auto per viale Montenero, lo fece fermare davanti alla casa di Cristina. Discese, Arturo discese con lui, gli prese la mano e gliela strinse, e qui Cesare si sentì gli occhi pieni di lacrime, non solo perché quello gli aveva stretto la mano ma per un dolore terribile, disumano, che lo aveva improvvisamente colpito alla bocca. Fece ad Arturo un segno di addio. "Tu non ne hai colpa, sono io che ho sbagliato tutto," pensò.

Appena la domestica, Armida, gli ebbe aperto la porta, filò per il corridoio e si recò in cucina davanti al lavandino. Cristina gli domandò qualche cosa ma egli non udì, allora essa lo seguì e lo vide davanti al lavandino, curvo.

"Cesare," fece.

Ora egli poteva parlare, anche se gli zigomi sembrava si gonfiassero, insieme con gli occhi, e tutto volesse esplodere nel suo cranio. "Non è niente," disse.

Il medico disse invece che si era fratturata la mascella e aveva perduto quattro denti. "Che pugno," mormorò esaminandolo. "Chi vi ha colpito?"

"Sono caduto dalle scale," rispose Cesare.

Sdegnato il dottore ribatté: "Non è possibile."

Cesare guardava Cristina. Cristina fece: "È caduto dalle scale poco fa."

Il dottore non rispose nulla, si mise a scrivere un biglietto. "Come vi chiamate?"

"Cesare Vairaghi."

Dovette dare tutti i dati, poi il dottore porse il foglietto a

Cristina: “Bisogna portarlo all’ospedale, non si può curare in casa. Vi arrangerete là a spiegare che è caduto per le scale.”

Se ne andò e non consigliò nulla per calmare il dolore bestiale che lo torturava. Cristina allora corse via e lo lasciò con Armida. Tornò col suo dottore, con quello che le curava la colite. Gli aveva spiegato ogni cosa, il vecchio Brambilla venne, toccò appena la mascella di Cesare e gli fece subito un’iniezione.

“Il chirurgo verrà verso sera, prima di fare la fasciatura bisogna levare le schegge dei denti, è la parte più pericolosa questa. Per il momento starà tranquillo, vedrete.”

Subito l’iniezione fece effetto, subito Cesare sentì che il demonio che lo dilaniava dentro s’acquetava, ma il capo non lo poteva più muovere, appena faceva un movimento era come svenire. Cristina stava seduta su una sedia accanto a lui. Per un’infinità di giorni e di notti egli fu sicuro che essa non si fosse mai mossa dalla sedia vicina al suo letto. Quando il chirurgo lo torturò per levargli le schegge, essa gli carezzava la mano ed egli stette buono, urlò soltanto poche volte, ma non si mosse. Era lucido, capiva e vedeva tutto, solo in certi momenti dimenticava di essere a casa di Cristina, credeva di trovarsi nella sua pensione, e voleva chiamare Gruggi, ma appena volgeva gli occhi vedeva Cristina; allora ricordava. Resisteva a iniezioni, quando l’effetto dell’iniezione cominciava a decrescere, il suo volto si congestionava, gli si muovevano continuamente, disperati, vicini alla follia, gli occhi. Fissava Cristina disperatamente, ma essa non poteva far nulla, neppure dargli un antinevralgico che egli non poteva inghiottire e che del resto sarebbe stato inefficace. Gli teneva ferme le mani perché non si strappasse la fasciatura, perché non se le torcesse fino a spezzarsi le dita. Poi la nuova iniezione lo calmava un poco, allora egli pensava a Benedetta, a che cosa doveva aver sofferto lei. Non dormiva mai, se non pochi minuti appena fatta l'iniezione, poi si svegliava molle di sudore e Cristina era sempre vicina a lui, sulla sedia. Pensava che forse anch'essa stava male, avrebbe voluto dirle di andare a distendersi sul divano, di comprare un termoforo da mettere sul ventre; a gesti tentava di farle capire, essa capiva, ma scuoteva il capo.

"Sta' tranquillo, sto bene," diceva.

Una notte, svegliandosi dopo un leggero assopimento, vide che si era addormentata. Aveva portata un'altra sedia vicino al letto e dormiva seduta, le gambe appoggiate sulla sedia, le braccia conserte, il capo reclinato sul petto, il volto nascosto dalla massa di capelli biondi che le scendevano morbidi dalle spalle. La guardò dormire a lungo, si sentiva meglio, anche se l'effetto dell'iniezione era finito. "Perché fa tutto questo?" si chiese. "Chi lo sa perché? Perché veniva in libreria?"

Essa si svegliò con un gemito, vide che era sveglio, si ravviò i capelli, mise le gambe a terra, gli accomodò le coperte. "Vuoi qualche cosa?" gli domandò. "Vuoi bere?"

"Ti guardavo," farfugliò Cesare, inceppato anche dalla fasciatura. "Non dire niente a Benedetta."

"No," fece Cristina. "Non le ho detto nulla."

Il dolore lo tormentava sempre, ma era sopportabile. "Scrivi a Benedetta che andremo a trovarla, insieme," farfugliò ancora. "Scrivi che dovevo mettere a posto le cose dopo l'incendio, per questo non sono andato subito."

"Già gliel'ho scritto," fece Cristina. Era notte piena, una lampada coperta da un paralume verde dava una quieta luce di sonno, ma nessuno dei due aveva più sonno.

"Nella tasca della giacca c'è il portafoglio, prendilo," disse Cesare. "Prendi i soldi che ti occorrono."

"Sì, Cesare, ma non ti preoccupare. Non parlare."

"Sto bene, adesso," continuò Cesare. "Compera un termoforo per te, manda Armida domattina, appena aprono."

"Sì, Cesare," rispose Cristina.

Tacquero. Egli aspettava l'assalto del dolore violento, perché aveva parlato, ma il dolore violento non veniva. Allora disse: "Vai a dormire, adesso sto bene." E il suo tono sommesso, inceppato, si perdeva nel silenzio della notte come un sussurro, vagava un poco per la stanza, labilissima eco, e poi spariva. E così anche per la voce di lei, un quieto mormorìo notturno, dolce.

"Non fa nulla, Cesare."

Egli si sentì sollevato, le aveva detto di andare a dormire, ma aveva paura a star solo ora, non per il dolore che poteva sempre arrivare da un momento all'altro, ma perché della sua solitudine aveva paura, del suo star solo e di che cosa pensava e faceva quando stava solo.

"Perché non mi hai mandato all'ospedale?" le domandò.

Essa non rispose subito, dopo un poco disse: "Perché avrebbero voluto sapere chi ti aveva colpito." Fece una pausa e domandò: "Che cosa è successo, Cesare?"

Egli sorrise, non sorrideva da tanto tempo: "Sono caduto per le scale." E pensò: "Mi ama da due anni e me ne sono accorto solo adesso." Le chiese dopo una lunga pausa: "Perché volevi stare sempre in libreria con me?"

Cristina si alzò senza rispondere, cercò le sigarette sulla tavola, ne accese una e andò a fumarla davanti alla finestra, voltandogli le spalle.

"Perché me lo domandi?" chiese.

Ed ecco che annunciato da fitte sempre più forti il dolore tornò, tornò il dolore violento, insostenibile. Essa lo capì dal suo ansimare, dallo strusciare del lenzuolo che egli aveva lacerato un poco, subito dominandosi. Buttò la sigaretta in terra e si accostò al suo letto, gli prese tutte e due le mani, gliele tenne strette fra le sue, guardò con la gola chiusa il volto di lui stravolto dal male, con la barba lunga, di un biondo scuro, sudato, lucido. "Sta' calmo," gli disse, "sta' calmo." Si curvò, appoggiò la sua guancia sulla guancia di lui, gliela sfiorò con un bacio, involontariamente i suoi capelli sciolti gli coprirono parte del viso, egli ebbe sugli occhi come una fascia di capelli che gli nascondeva il mondo, quel mondo di terribile dolore.

"Anche le stupidaggini servono," pensò, "se non fossi andato a cercare Arturo, Cristina non avrebbe mai detto una parola, io non l'avrei qui vicina, ora, nessuno sarebbe vicino a me, perché io non volevo più nessuno." E poi pensò che era un vile, che non sapeva resistere a un poco di dolore. Allora smise di torcersi le dita come faceva Francesca Bertini nei film prima della guerra, si fermò, s'irrigidì, quasi non respirò più. "Io sono più forte," pensò, "io sono più forte, io non sono Francesca Bertini," ma poi non poté evitare di piangere, quasi di nascosto, sotto i capelli di lei.

Cominciò a respirare solo dieci giorni dopo. Portava una ridicola fascia col nodo in cima alla testa. Venne un giorno il barbiere e lo rase, mentre Cristina lo guardava e sorrideva. La faccia insaponata, la mano sotto il mento a sostegno della mascella ancora dolente era davvero buffo.

"Ma quanto sei brutto," gli disse.

Era estremamente debole, non mangiava che cibi liquidi e chissà per quanto tempo ancora sarebbe stato così. Tentò di scrivere a Benedetta, ma non vi riuscì, la carta bianca si riempiva di sgorbi, la mano, infrenabile, andava per conto suo.

"Diglielo tu, che cosa è successo," disse a Cristina. "Altrimenti sta troppo in pensiero perché non andiamo a trovarla."

"Già gliel'ho scritto," rispose quieta Cristina.

"Tu pensi sempre a tutto," la canzonò. Quando uscì per la prima volta con lei, erano passati più di venti giorni. Andarono dal dottore che fece una smorfia.

"Vi fa male qui?" domandò toccandolo con un ferro in bocca.

"Un poco."

"È un'altra scheggia, vengono fuori un po' per volta," disse il dottor Brambilla. "Andate subito dal chirurgo."

Essa l'accompagnò dal chirurgo che eseguì la barbara ma semplice operazione.

"Non vi spaventate se ne troveremo delle altre," disse il chirurgo. "Non è nulla."

Egli stava quasi per svenire. Si nutriva sinteticamente, iniezioni e vitamine, aveva voglia di mordere un pezzo di pane, ma chissà quando avrebbe potuto.

Aveva pensato di star solo una volta, aveva pensato che la donna è una portatrice di dolore, ora quando Cristina lo lasciava solo un momento si sentiva smarrito. "È andata in cucina, ma quanto tempo ci mette a scaldare il latte, pare che debba inventare il gas, prima." Finalmente cominciò a fumare, non ne ebbe il piacere che aveva immaginato, dovette smettere dopo poche boccate. Portava sempre la fascia intorno alla faccia, al mattino essa lo lavava con l'acqua tepida, stava tutto il giorno in piedi intorno a lui, andava a letto solo quando egli era già addormentato. Una mattina egli decise che sarebbe stato tutto il giorno in piedi. Fu quella stessa mattina che essa si buttò sul divano e chiese il termoforo.

"Ma che impiastro che sei," le disse Cesare, la carezzò sui capelli. "Chi vuoi che ti sposi con tutte le malattie che hai nella pancia?"

Cristina piangeva e sorrideva nello stesso tempo. "Lo vedi che non m'ha voluto nessuno."

Egli innestò il termoforo, glielo porse. "Meno male," disse, "così sei rimasta per me."

Passò anche quella crisi, spossata, seduta sul divano, guardava Cesare, che, con quella fascia, sembrava la pubblicità di un rimedio contro il mal di denti.

"Ti ricordi," gli chiese, "quando Benedetta uscì dalla clinica, la misero sull'automobile che partiva per Desenzano, e quando ci salutammo non smettevamo più di tenerci abbracciate?"

Armida venne a chiedere che cosa doveva preparare per cena. Cristina le disse di arrangiarsi lei, non aveva nessuna idea, per il signore preparasse la solita dieta.

"Mi ricordo," disse Cesare.

"Mi disse che sarebbe stata tanto felice se ci avesse visto sposati," disse Cristina. "Per me non me ne importa di quello che succede nella mia pancia, ma una moglie come me non è una moglie intera."

Egli sorrise. Disse: "Con questa mascella non sono intero neppure io. Ma per vivere andiamo ancora bene tutti e due."

Fece una pausa, disse pensieroso: "Quello che mi serve è di ricominciare tutto da capo. Cercherò soldi e forse il fratello di Marta me ne darà ancora, se no torno da mio zio e glieli faccio tirare fuori per forza. Ma mi devi stare vicina, solo non posso stare, le fesserie che ho combinate da solo non le conto più. Quando vedi che vado fuori di strada mi rimetti a posto, ci porteremo il termoforo in libreria, ma starai sempre con me. In tutti questi giorni ho pensato un mucchio di cose, specialmente alla mia età un uomo da solo non vale niente, oggi pensa una cosa, domani un'altra, oggi vuol aprire una libreria, domani vuol imparare la carioca, invece le donne pensano sempre la stessa cosa, fanno meno rumore degli uomini, ma fanno tutto fino in fondo. Mi ricordo che una volta a casa di Benedetta mangiavo il minestrone di verdura e pensavo alla pazienza che ci vuole per farlo. Un uomo è capace di costruire un ponte sul Danubio ma poi il minestrone non lo sa fare bene e nella vita non servono soltanto i ponti sul Danubio, ma anche le piccole cose fatte con tanta pazienza. Se vedo certi ricami fatti a mano mi viene il mal di testa, pensa l'ago quanti milioni di volte ha trapunto una banda ricamata." Sorrise ancora. "Ci daremo il cambio, quando occorre un ponte sul Danubio arrivo io, ma ai ricami e al minestrone ci pensi tu. Vedi, quando volevo stare solo, una volta mi hai detto anche che ero malvagio, perché non volevo andare da Benedetta, ma era perché non pensavo queste cose."

Dopo un po' di giorni scrissero a Benedetta che sarebbero stati a Desenzano per domenica. Poi egli lasciò la casa di Cristina per tornare alla pensione. Cristina l'accompagnò.

"Ora sono guarito e bisogna che torni a casa mia, non posso compromettere la mia fidanzata," le disse. Si fermò da un orefice, non le permise di scendere, ma scelse lui un anellino semplicissimo, sembrava quasi una fede. "Siamo fidanzati," le disse.

Passarono in piazza Missori davanti alla bancarella di libri ed egli si fermò. "Alla peggio," disse, "mettiamo su una bancarella."

C'era un signore accanto a loro che invece di guardare i libri guardava Cesare per quella fascia nera che portava intorno al viso, e lo guardava quasi a bocca aperta, non timido e non sfacciato, semplicemente stupito. Cesare stringeva il braccio di Cristina, si sentiva chiaro come fosse nato soltanto qualche anno prima e non avesse memorie, ma la vita fosse libera davanti a lui, tutta da percorrere senza guardarsi mai indietro. Fece il volto scuro, passò davanti al signore trascinandosi dietro Cristina, disse al curioso: "Ho gli orecchioni e porto la fascia. È forse proibito avere gli orecchioni?"

Si allontanarono felici. Essa si toccava l'anellino appena messo, aveva un discreto mal di pancia ma non gliene importava affatto. Nell'atrio della pensione, davanti alla signora Marina che si preparava a fare una bella predica a Cesare, la baciò. Egli sapeva ancora un poco dell'anestetico e del colluttorio che adoperava, se ne commosse.

"Domattina ci vediamo," disse Cesare.

"Domattina." Ma quanto era lontano quel domattina, come si stava male separati.

Finito di stampare
nel mese di giugno 2022
presso
Puntoweb s.r.l.
Via Variante di Cancelliera s.n.c. - Ariccia (RM)

Printed in Italy